LE DERNIER THÉ
DE MAÎTRE SOHÔ

Cyril Gely

LE DERNIER THÉ DE MAÎTRE SOHÔ

ROMAN

Arléa

ISBN 979-10-414-2167-1

« La sagesse de tout l'univers
se trouve dans un bol de thé. »

I

Akira Sohô était fils de samouraï. Et samouraï lui-même.

Il tenait le monde au bout de son sabre.

Il avait gagné de nombreuses batailles. Il en avait perdu quelques-unes aussi. Son corps n'était qu'une cicatrice. La plus petite, ronde et ocre, avait la taille d'une balle. La plus grande lui balafrait le torse, de l'épaule gauche au flanc droit.

Akira Sohô avait aimé l'aube immobile avant l'assaut, l'odeur des cerisiers en fleur au milieu des combats, et la clarté de la lune quand la victoire était sienne.

Pourtant, un soir d'été 1853, en dépit de toutes les règles, il avait laissé son sabre au fourreau. Il avait cessé de se battre et était rentré chez lui, retrouver sa femme, à Okazaki.

– Toi, et la fraîcheur des pins, avait-il simplement dit.

Depuis, chaque matin, il portait de l'eau à ébullition, y jetait quelques feuilles de gyokuro ou de sencha, et le reste de la journée il savourait son thé.

De l'autre côté du Japon, à Niigata, Monsieur Ozu produisait et vendait du saké.

Il tenait les hommes au cœur de ses bouteilles.

Un soir d'été 1853, le même soir où Akira Sohô tourna le dos à la guerre, Monsieur Ozu avait bondi de joie. Sa fille Ibuki était née. Mais passé l'aube son ivresse avait viré au chagrin. Sa femme adorée avait succombé à une fièvre brutale.

Monsieur Ozu, dès lors, s'était noyé dans son saké.

Longtemps. Entièrement.

Au point que les villageois s'inquiétèrent.

Puis une nuit Monsieur Ozu sortit de sa torpeur. Ce n'étaient pas les chiens errants qui hurlaient à la mort, ni le chant des cigales, mais un cri qu'il semblait entendre pour la première fois. Celui de sa fille.

Il s'approcha et la prit dans ses bras. Les yeux embués de larmes, il lui sourit.

– Ibuki, murmura-t-il.

Les Ozu produisaient et vendaient du saké depuis huit générations. Peut-être le meilleur du Japon. L'empereur lui-même l'avait apprécié à quatre reprises, dit-on, le jour de son mariage. Un honneur indicible qui avait rejailli sur la famille entière.

– Un bon saké, confessait Monsieur Ozu à sa fille, le soir pour l'endormir, c'est l'harmonie parfaite entre le riz et l'eau. Un riz onctueux et une eau de très grande qualité. Ici à Niigata nous avons la chance d'avoir les deux. Des rizières à perte de vue qui se fondent dans les brumes et le flanc des montagnes. Et la neige qui tombe en abondance nous apporte cette eau d'une pureté exceptionnelle.

Ibuki gazouillait, observait l'homme qui la berçait.

– Sais-tu que l'empereur, le jour de son mariage…

– Oui, père, s'exclama-t-elle tout à coup le matin de son quatorzième anniversaire. Tu me l'as répété cent fois.

Les Ozu de Niigata s'étaient installés à l'entrée du village en 1678 et avaient établi leur brasserie, qui sentait bon les effluves de riz brûlant, l'odeur sucrée du bois et le doux parfum de l'alcool, sur la rive est du fleuve Shinano.

1678. Huit générations.

Pourtant, quand Ibuki eut vingt ans, elle fixa tendrement son père et dit :

– Non.

– Non ?

– Il n'y en aura pas une neuvième.

Depuis ce terrible été 1853, Monsieur Ozu n'avait pas bu une goutte d'alcool. Mais ce matin-là il sentit son palais s'assécher.

– Et qu'aimerais-tu faire ? se risqua-t-il.

– Samouraï.

Monsieur Ozu manqua de s'étouffer.

Ibuki tenait de sa mère des yeux sombres et intenses, qui laissaient deviner une volonté indéfectible. De son père elle avait pris la peau blanche, comme le saké qu'il vendait, son corps frêle et sa santé fragile qui l'obligeait à s'aliter dès l'arrivée des grands froids.

– Et puis, et puis…

– Quoi ?

– Tu es une femme !

– Père, depuis des années je vais chaque jour dans les montagnes et je donne mille coups de sabre.

– En donnerais-tu deux mille ce n'est pas un métier pour une femme. Ce n'est même pas un métier ! On naît samouraï, on ne le devient pas.

– Justement, je ne suis pas née pour vendre du saké.

– Qu'est-ce qu'un samouraï ? demanda Monsieur Ozu.

– C'est le Japon dans sa totalité, répondit sa fille. Ils sont présents dans tous les cœurs, dans toutes les mémoires. Ils ne font qu'un avec nos collines et nos rivières. Où que le vent souffle, il souffle vers eux. Où que les étoiles scintillent, elles scintillent pour eux. Japon et samouraïs sont indissociables. Comme les deux faces d'une même pièce.

– Faux. Tout cela était vrai il a vingt ans. Mais ça ne l'est plus aujourd'hui.

Monsieur Ozu s'éloigna de sa brasserie et chemina un long moment avec sa fille sur la rive du fleuve Shinano. C'était l'été, la nuit tardait à venir.

Il lui rappela que le Japon n'était qu'une île, composée d'une multitude d'îles. Et qu'avant sa naissance aucun étranger n'avait le droit d'y accoster. Pendant deux cent cinquante ans, dit-il, les Japonais n'avaient entendu aucune langue différente de la leur. Ni vu un visage qui ne leur ressemblait pas. Le pays avait été coupé du monde et du reste de l'humanité. Seul l'îlot de Nagasaki, loin au sud, accueillait quelques bateaux hollandais et chinois triés sur le volet. Alors, en ce temps-là, les samouraïs avaient régné en maîtres. Même l'empereur inclinait docilement la tête sur leur passage.

– Et puis… tu es née, murmura Monsieur Ozu.

Un soir de juillet 1853, une flotte américaine de quatre navires commandée par le commodore Perry entra dans la baie d'Edo. Il exigea la fin de la politique isolationniste et l'ouverture sur l'extérieur. Autrement dit la libre circulation des étrangers et la conclusion de traités commerciaux. N'observant aucune réaction, Perry pointa ses canons sur la ville de Yokohama.

Comme ses navires à vapeur crachaient une épaisse fumée et que ses coques étaient badigeonnées au goudron, on les nomma les « vaisseaux noirs ».

Et puisque ses canons étaient les plus gros qu'on ait jamais vus, les Japonais hissèrent leur drapeau blanc.

– Depuis, poursuivit Monsieur Ozu, le pays est entré à marche forcée dans la voie de la modernité. Edo est devenue Tokyo, le yen a remplacé le ryô, la première ligne de télégraphe relie la capitale à Kyoto, des rails de chemin de fer sillonnent nos prairies. Comprends-tu maintenant ? Nous ne sommes plus un peuple de guerriers. Mais un pays tourné vers l'avenir. Et dans ce pays-là, les samouraïs encore en vie n'auront pas leur place.

Ibuki marchait silencieusement aux côtés de son père. Un épouvantail ouvrait ses bras aux vents. Les premiers papillons de nuit s'élançaient contre le ciel encore lumineux. Au loin la cloche du village sonna huit heures.

Sur le chemin du retour Monsieur Ozu prit la main de sa fille.

– D’ici peu les hommes cesseront de porter des armures et des sabres. Mais pas de boire… Viens travailler avec moi.

Puis il pointa son index sur la vieille brasserie en bois et ses deux dépendances.

– Tout cela t’appartient.

Monsieur Ozu ne demanda pas une réponse immédiate à sa fille. L'automne allait venir et avec lui la récolte du riz. L'hiver ensuite descendrait sur Niigata avec ses flocons de neige et ses rivières gelées. Le premier saké serait tiré avec le retour des brumes. Un saké sec d'un blanc éclatant, au goût d'argile, qui réchaufferait les corps et redonnerait vie. Puis surgiraient les oies sauvages et, avec elles, le chant des grenouilles et des grillons. Les abricotiers donneraient leurs fruits, les mûriers nourriraient les vers à soie, mille couleurs jailliraient. Jusqu'à ce que le vent chaud, celui de l'océan, souffle à nouveau.

Ibuki aurait alors vingt et un ans.

Et l'année, comme dans un rêve, passa.

Au solstice d'été, Ibuki remarqua un jeune homme dans la brasserie de son père. Matsuo était un peu gauche et n'avait pas les gestes agiles d'un teneur de sabre, mais son sourire était franc et ses yeux presque verts. Il disposait avec soin la levure qui permettait au riz de fermenter.

Un après-midi, profitant de l'absence de Monsieur Ozu, ils firent l'amour contre les cuves ancestrales. Parfum du saké et du vieux bois. Matsuo fut tendre et Ibuki découvrit une sensation légère et incontrôlable qui lui plut. La nuit même ils se retrouvèrent dans une pièce à l'étage, et ils recommencèrent.

Lorsque l'aube se leva Matsuo avait le sexe aussi flapi qu'un vieillard. Et si mal au ventre qu'il ne regagna sa chambre que les jambes écartées.

Aux derniers jours de septembre les hirondelles s'en allèrent : elles vinrent par centaines dévorer les moustiques du fleuve Shinano, puis elles s'élancèrent d'un coup, telle une nuée ardente, vers le ciel blanc.

Monsieur Ozu demanda à sa fille de l'accompagner. Une livraison au nord de la ville. En chemin ils s'arrêtèrent sur la plage rocailleuse qui faisait face à l'île de Sado, où un grand nombre de poètes et de samouraïs avaient été exilés.

– Alors, as-tu réfléchi ?

– Depuis un an je n'ai fait que cela.

– Bien. Et qu'as-tu décidé ?

– Père, je dois partir. Je sais que mon destin n'est pas ici.

– Tu veux donc être comme ces hirondelles : sans attache ?

– Je veux être comme cette île : intrépide et fière.

Monsieur Ozu baissa la tête. Il fixa ses pas comme pour se donner une contenance. Sur la plage déserte, il n'y avait que le père et la fille. Et le bruit des vagues qui venaient mourir à leurs pieds.

– Si ta mère était là, tu ne partirais pas.

– Si ma mère était là, je serais déjà partie.

D'autres que Monsieur Ozu seraient entrés dans une rage folle.

Par chance il pratiquait l'art subtil de la méditation. C'est probablement pour cela qu'il contint sa colère. Il laissa passer quelques secondes, puis posa ses yeux sur Ibuki.

– Qui t'enseignera la voie du sabre ?

À sa grande surprise il n'obtint pas de réponse.

Alors il reprit courage.

– Ne te berce pas d'illusions. Aucun maître n'enseignera ses techniques à une femme. Surtout si celle-ci a un cœur fragile. Comme toi.

– Peut-être as-tu raison, père. Peut-être pas.

– Écoute… Depuis l'avènement de l'ère Meiji, l'empereur est de retour au pouvoir. Le temps des samouraïs, je te l'ai dit et répété, est révolu ! Ils vivent dans leurs souvenirs et leurs glorieux exploits, mais ne portent pas de nouvelles cicatrices. Voilà vingt ans qu'ils n'ont pas combattu. Ils sont devenus obèses, irascibles. Et paresseux. Rien qu'hier, dix sont venus m'acheter du saké. Les samouraïs appartiennent au passé. Ne le vois-tu pas ?

Ibuki préféra ne dire mot.

Monsieur Ozu glissa une main sous le tissu de son kimono.

– Lis plutôt ceci.

À l'encre noire, sur un papier de riz, plusieurs idéogrammes étaient dessinés, l'un en dessous de l'autre. Ibuki y lut son nom et celui de Matsuo.

– Je sais que tu l'aimes bien, dit son père. Je le vois dans ton regard lorsqu'il paraît. Il est un peu lent, peut-être. Mais à mes côtés, il pourra atteindre le rang de maître-brasseur. Et d'ici une dizaine d'années, avec un peu d'effort, il sera en mesure de reprendre nos entrepôts.

– Un contrat de mariage ?

– Oui.

Une famille de cygnes passa au-dessus de leurs têtes en sifflant, aussitôt suivie par un épais brouillard qui vint obscurcir le ciel.

– Qu'en dis-tu ?

Monsieur Ozu, avant de se coucher, aimait déguster une ou deux friandises à base de pâte de haricot rouge et de sucre de canne. Mais ce soir-là il avait le cœur trop lourd pour avaler quoi que ce soit.

Il s'étendit sur son lit, mais ne trouva pas le sommeil.

Il observa une araignée tisser sa toile et, à travers la fenêtre, un couple de lucioles s'ébattre et jouer avec la lune.

Aux premières lueurs du jour il se leva et prit place pour sa méditation.

Après cinq minutes, il interrompit sa séance.

Et brisa tout son mobilier.

La tendresse et la douceur n'avaient pas eu l'effet escompté.

Monsieur Ozu en vint donc aux menaces.

Soit sa fille se mariait avec ce grand sot de Matsuo, soit il la reniait ! Il fixa même une date pour les noces : le jour du dégel.

Chaque soir, ou presque, Ibuki rejoignait Matsuo. Elle courait vers lui, à travers les longs couloirs de la brasserie, plaquait sa bouche sur la sienne afin qu'il ne fasse aucun bruit, ôtait ses vêtements, et lui faisait l'amour. Certaines fois avec violence, d'autres avec une patience inouïe. Ibuki aimait ces moments d'abandon où seul le plaisir comptait. Les nuits d'hiver étaient interminables, ils en profitèrent.

Parfois Matsuo attrapait les seins blancs d'Ibuki et y déposait ses lèvres. La jeune fille le serrait fort contre elle, jusqu'à l'étouffer. Les yeux dans les yeux, ils se surprenaient à rire. C'était léger. Aussi léger que le vent d'ouest qui annonce le retour du beau temps. Insouciant. Et délicieux.

Et lorsque Matsuo lui demandait pourquoi elle était si résolue à partir, Ibuki répondait qu'il était urgent qu'elle descende vers le sud. Là résidait un maître du sabre. Qui, elle l'espérait, prendrait en charge son éducation. Il se trouvait à deux mois de marche, mais qu'avait-elle à perdre ?

– Comment s'appelle-t-il ?

– Tu ne sauras rien, Matsuo, disait-elle dans un sourire. Tu serais capable de partir à ma recherche.

Puis un matin, un flocon de neige sur la branche d'un cerisier se mit à fondre.

Monsieur Ozu, ce jour-là, demeura silencieux.

Et, fait exceptionnel, il quitta sa brasserie pour une longue promenade sur la rive est du fleuve Shinano. Il confia à ses apprentis le soin de polir le riz, le cuire lentement à la vapeur à l'intérieur des cuves de bambou, puis l'ensemencer avec le koji. Matsuo et les siens en furent stupéfaits. Le maître était soucieux.

Le saké produit cet après-midi-là fut pitoyable.

À son retour, Monsieur Ozu n'y prêta pas attention. Il monta se coucher sans dîner, et ne trouva pas plus le sommeil que les nuits précédentes. Mais sa décision était prise et rien ne pouvait l'en faire dévier.

Le soir même, près des cuves ancestrales, Matsuo attendit Ibuki.

Mais pour la première fois elle ne vint pas.

Il patienta, longtemps. Puis finit par s'endormir… tout comme Monsieur Ozu.

Ibuki s'observait dans la glace. Quand la lune pâle apparut à la fenêtre, elle attrapa ses longs cheveux noirs, auxquels elle tenait tant, et les trancha d'un coup net. Puis elle laissa tomber à ses pieds son kimono en soie aux motifs dorés. Elle en saisit un autre, plus sombre, et enfila par-dessus une large veste aux couleurs de la nuit que seuls les hommes étaient autorisés à porter.

Dehors régnait un silence glacial. Une froide lumière glissait sur le jardin.

L'ombre d'Ibuki se tint immobile un moment. Hésitante, vacillante. Mais sa décision était prise et rien ne pouvait l'en faire dévier.

Le premier pas fut synonyme de violence, comme si un lien invisible la reliait encore à son passé.

Le deuxième fut tout aussi déchirant, quoique déjà plus aisé.

Lors du troisième et du quatrième, Ibuki ressentit une vague de chaleur sous ses pieds.

Quant aux suivants, jusqu'à ne plus savoir compter, ils l'entraînèrent vers l'aube de sa destinée.

II

Travestie en homme, Ibuki pouvait voyager à sa guise. Mais elle opta pour des voies secondaires afin de ne pas éveiller la curiosité ni laisser de traces. Quand le crépuscule tombait, il y avait toujours une auberge sur son chemin, avec sur le feu une large marmite où elle pouvait boire du thé. Chaque matin elle enserrait ses seins, qui n'étaient pas bien gros, dans du linge et acclimatait sa voix. Mais la plupart du temps Ibuki parlait peu, et repartait avant l'éveil des éventuels curieux.

Les premiers jours furent blancs. Sans odeur.

Le froid, encore vif, figeait tout.

Puis, en s'enfonçant vers le sud, la vie s'éveilla peu à peu. Après Toyama le vent d'ouest fit fondre la glace qui emprisonnait les rivières, et les pruniers se couvrirent de fleurs. Ibuki respirait leur parfum. Un parfum de printemps et de renouveau.

Chacun de ses pas devenait plus ferme, plus volontaire. La route semblait moins longue. Le soleil frappait sa peau. Ibuki était heureuse. Libre comme l'air chaud qui caressait sa nuque. Tout ce qu'elle voyait la ravissait. Des cèdres bleus vieux de mille ans. Des forêts de bambous qui grimpaient jusqu'au ciel. Et au détour d'un chemin, sept lanternes de papier posées au bord du sentier qui illuminèrent, l'espace d'un instant, son passage.

Un soir, tandis que le tonnerre grondait, elle pensa à son père et à la peine qu'elle lui avait faite. Mais elle chassa ses idées sombres. Son destin n'était pas à Niigata.

Elle contourna les villages de Komatsu et d'Awara, longeant la mer noire et ocre du Japon, jusqu'à atteindre quelques jours plus tard la ville de Fukui. C'est alors qu'elle se remémora, sans aucune raison, les yeux verts de Matsuo.

Elle sourit.

Puis elle l'oublia, totalement.

Ibuki était sur les routes depuis plusieurs semaines. Son kimono noir et ses cheveux courts l'avaient menée plus loin qu'elle ne l'avait imaginé. Mars avait remplacé février, et avril se rapprochait. Bientôt elle rencontrerait le maître.

Sur le flanc gauche, elle portait son sabre. Un sabre de bois, uniquement. Seuls les samouraïs avaient le privilège de posséder une lame. Mais elle donnait, comme elle l'avait toujours fait, mille coups chaque matin.

Elle comptait le cinq centième quand deux hommes encore jeunes, à la barbe fournie, l'accostèrent. C'était au nord du lac Biwa, tandis que le soleil se levait à travers les roseaux sauvages.

Puisqu'un inconnu savait manier le sabre, qu'il vienne se battre avec eux. Et que le meilleur gagne.

Ibuki se retourna, et les affronta. Vaillamment. Peut-être son sabre de bois toucha-t-il la cuisse du premier, peut-être effleura-t-il l'épaule du second. Mais Ibuki n'était pas de taille. Deux coups de lame la mirent à terre.

Un des hommes l'approcha et lui arracha le sac qu'elle portait en bandoulière.

Puis Ibuki s'évanouit.

Elle se releva à la nuit tombée, toute sonnée et mal en point. Deux blessures profondes balafraient son corps, les premières de son existence.

Elle avança avec peine, guidée par le chant des grillons et une lumière bleue qui s'avéra être celle d'une auberge.

Arrivée devant la porte, Ibuki frappa et s'écroula.

Elle s'éveilla le lendemain, brûlante de fièvre. Son bras gauche et sa poitrine avaient été bandés. Elle but du thé, avala un bol de soupe, puis releva les yeux vers la vieille femme qui l'avait soignée.

– Qui sont-ils ? demanda-t-elle d'une voix exténuée.

– D'anciens samouraïs.

Devant le visage interdit d'Ibuki, la vieille femme précisa :

– Comme ils ne combattent plus, ils volent. Et vivent de larcins.

– Des samouraïs ? Vous vous trompez… Aucun ne se comporterait de cette façon. Aucun.

– Reposez-vous, vous en avez besoin.

La vieille femme serra la main d'Ibuki dans la sienne et demeura à son chevet trois jours et trois nuits.

Au matin du quatrième, Ibuki reprit conscience.

Elle se leva mais était trop faible pour poursuivre son chemin. Elle fit coulisser la porte et sentit l'air frais sur son visage.

Au loin, elle aperçut un vol de papillons, et les premiers bourgeons roses sur les cerisiers. Le soir un coq chanta.

Les deux jours suivants, il ne se passa rien.

La vieille femme ne lui posa aucune question sur sa tenue sombre et ses cheveux trop courts, sur ses airs de garçon manqué.

Lorsque finalement Ibuki reprit la route, elle se tourna une dernière fois vers l'auberge. La vieille femme était là, assise sur une pierre. Elle avait toujours été là, à cette même place, depuis l'enfance.

Et elle enviait certainement Ibuki qui s'éloignait à grands pas vers un monde inconnu.

Ce fut par un doux matin d'avril 1875 qu'Ibuki entra dans Okazaki.

La maison de maître Sohô fut facile à trouver. Il s'agissait de la plus éloignée, la dernière que l'on croisait avant la sortie du village.

Ibuki se présenta devant un jardin composé soigneusement de plantes rares et d'arbres centenaires. Et attendit.

Puis un vieil homme parut. Il portait un hakama, un large pantalon sombre, et une veste ample qui donnaient à ses gestes une grande fluidité. Sa barbe était blanche et longue, ses yeux pétillants. Il rayonnait de bonheur.

– Maître, l'interpella avec respect Ibuki. Je viens apprendre auprès de vous la voie du sabre.

– Qui es-tu ?

– Je suis…

Depuis deux mois qu'elle était sur les routes, Ibuki s'était entraînée à prendre une voix grave. Et s'était donnée comme nom d'homme celui de son père.

– Je suis un garçon. Je m'appelle Ryôkan… Ryôkan Ozu.

– Et pourquoi t'enseignerais-je la voie du sabre ?

– Je viens de loin, de l'autre côté du Japon. J'ai marché de nombreux jours pour parvenir jusqu'ici.

– Ce n'est pas une raison suffisante.

– Chaque matin, depuis mon plus jeune âge, je donne mille coups de sabre.

– En donnerais-tu deux mille, cela ne me ferait ni chaud ni froid.

Ibuki réfléchit encore.

– Vous êtes un grand maître samouraï, les livres parlent de vous, on compte des dizaines d'histoires sur vos faits d'armes. Prenez-moi à vos côtés. Si je ne suis pas digne de vous, je partirai.

Maître Sohô dissimula un sourire dans sa barbe. Et dit :

– Voilà vingt ans que je n'ai pas touché un sabre ni porté une armure. Le meilleur conseil que je puisse te donner est le suivant : rentre chez toi.

Sur ces mots, maître Sohô se détourna d'Ibuki et vaqua à ses occupations.

Quand au crépuscule il sortit de chez lui, muni d'un râteau en bois pour créer de nouvelles ondes et un mouvement harmonieux sur son gravier, il trouva Ibuki au même endroit, assise en tailleur.

Maître Sohô esquissa un nouveau sourire. Puis il prit soin de son jardin et regagna sa demeure.

Il plut abondamment cette nuit-là.

Le matin suivant, maître Sohô se rendit sur la place du village après le pont qui enjambait la rivière Yahagi. Là se tenait le marché. Il fit quelques courses, juste le nécessaire. Il aimait bavarder avec les commerçants et ne discutait jamais les prix. Il acheta une bouteille de saké, produite à Niigata, sans savoir qu'elle provenait de la brasserie de Monsieur Ozu.

L'après-midi il fit une longue promenade au bord de la rivière, pour admirer les cerisiers en fleur et entendre le vent qui soufflait à travers les branches. Puis, comme chaque soir, il ratissa son jardin.

De l'autre côté, Ibuki n'avait pas bougé.

Immobile, calme, elle semblait dormir.

Il plut encore la nuit d'après.

Et ainsi fut leur vie, les six jours suivants.

Au matin du septième, maître Sohô fit glisser un panneau de papier, et se dressa sur la pointe des pieds. Ibuki avait disparu. Le vieil homme en éprouva à la fois une joie profonde et une immense déception. Il était à nouveau seul. Mais était-ce vraiment ce qu'il désirait ?

S'il s'était dressé davantage, il aurait vu la réalité : Ibuki était allongée sur le sol, sans connaissance.

Maître Sohô se pencha et souleva Ibuki. À sa grande surprise, elle ne pesait pas plus lourd qu'un sabre. Il se précipita chez lui et la déposa délicatement sur la natte en paille de riz, d'une blancheur éclatante. Il lui apporta aussitôt un thé brûlant.

Ibuki reprit ses esprits. Et lorsqu'elle vit le visage rayonnant de maître Sohô, elle lui sourit.

– Parle-moi de toi, demanda le maître le soir même.

– Je ne sais pas si je suis née pour faire de grandes choses, répondit Ibuki. Mais je sais ce que je veux, et ce que je ne veux pas.

– Et que ne veux-tu pas faire ?

– Certainement pas jouer le rôle que l'on m'impose. Je désire mener ma vie comme je l'entends. Pas vous ?

– C'est moi qui pose les questions. Continue.

– Je ne veux pas perdre ma vie à la gagner. Je veux être libre. Libre d'écouter le silence des brumes quand l'hiver s'en vient, ou d'observer la forme des nuages les jours de pluie, ou d'aller simplement dans le printemps. Ce n'est rien. Et c'est tout. La voie du sabre, c'est la liberté. Pourquoi me serait-elle inaccessible ? Si on désire véritablement quelque chose, cette chose ne devient-elle pas envisageable ? Voilà des années que je rêve d'être à vos côtés. Et me voici. Si j'avais écouté tous ceux qui pensaient cela impossible, je n'aurais jamais quitté Niigata et ses rizières gelées. Pourtant je l'ai fait. Je suis partie. J'ai traversé des champs, enjambé des ponts, gravi des montagnes. Et j'ai marché jusqu'à vous. Alors je vous le demande une nouvelle fois : enseignez-moi la Voie.

Maître Sohô habitait seul une maison construite autour d'une cour centrale. Il y avait un espace de jour, un autre pour la nuit, et une terrasse. Tout était simple, sans luxe ostentatoire. À leurs côtés, sur une natte plus épaisse que les autres, de la couleur du blé, était posé un brasero, avec, au-dessus, une bouilloire en fonte, et au-dessus encore une longue tige de bambou.

Maître Sohô saisit une boîte en bois laqué sur laquelle était dessiné un oiseau, moucheté d'or. Ses deux pattes reposaient sur une branche de cerisier.

Il l'ouvrit.

À l'intérieur se trouvaient des feuilles pareilles à des aiguilles de pin, d'un vert émeraude tirant sur le bleu et le violet. Un parfum délicat s'en dégageait. On aurait dit un bouquet de fleurs et de vanille.

– Sais-tu ce que c'est ?

– Du thé, répondit Ibuki en soulevant les épaules.

– Non, non. C'est plus que cela. Bien plus encore… Ce sont des feuilles de gyokuro. Le meilleur thé au monde, produit en très faible quantité, sur l'île de Kyushu, au sud du Japon. Goûte.

Maître Sohô fit glisser quelques feuilles dans un bol, souleva la bouilloire en fonte, et versa par-dessus, avec délicatesse, de l'eau brûlante. La liqueur, d'abord d'un vert léger pareil au jade, devint presque jaune.

Ibuki y trempa ses lèvres.

– Sens-tu ce parfum exquis, comme si tu te trouvais au milieu d'une étendue d'herbes folles ? Cette saveur, d'une fraîcheur et d'une pureté exceptionnelles ?

Ibuki acquiesça pour ne pas froisser le maître. Mais ce thé ressemblait à tous les autres thés qu'elle avait bus jusqu'ici. Un peu plus doux, peut-être.

– Oui, c'est bon, ajouta-t-elle, afin de voir naître sur le visage de maître Sohô un sourire.

Et en effet, le maître prit une expression rieuse et détendue.

Alors il lui dit :

– Voilà ce que je te propose. Je te prends comme élève, à une condition.

Et en disant cela, il se leva.

– Je t'enseignerai la voie du sabre… Et la voie du thé.

– Un samouraï ne se réduit pas au sabre. Il doit connaître tous les autres arts. La calligraphie, la peinture, la poésie. Mais le plus important de tous est l'art du thé. Sans lui un samouraï n'est rien. Comprends-tu ?

– Pas vraiment, répliqua Ibuki en se levant à son tour.

– C'est normal, tu n'as pas encore débuté ta formation.

Puis il ajouta :

– La voie du sabre et la voie du thé ont le même goût. L'un se déroule à l'extérieur. L'autre à l'intérieur. Mais il faut unir les deux pour vaincre. N'oublie pas que tout combat, qu'il se situe au-dedans ou au-dehors, est toujours un combat contre nous-même. Saisis-tu mieux cette fois ?

Ibuki estima qu'il valait mieux ne pas dire un mot.

Maître Sohô plissa les yeux et laissa deviner un je-ne-sais-quoi de facétieux.

– Il est tard, tu es fatigué, et moi je parle dans le vide.

Il pivota gracieusement sur lui-même et s'éloigna vers sa chambre.

– Installe-toi, reprends des forces, alors seulement nous entamerons ton enseignement.

Maître Sohô aimait vivre nu.

Quand Ibuki le découvrit ainsi, le lendemain, elle sursauta.

Puis elle rougit et détourna son regard.

– Cela te gêne ?

– Pas du tout…

– Tu peux te dévêtir si tu veux. Nous sommes entre hommes, après tout, pas de fausse pudeur.

– Je vous remercie. Je préfère rester telle que je suis.

– C'est toi qui vois.

Maître Sohô passa dans son jardin et demeura un moment à humer l'air matinal. La pluie de la nuit faisait frémir les fleurs et chanter les oiseaux.

Puis il urina.

Péta.

Et se retourna vers Ibuki, statufiée.

– J'ai mes petites habitudes, dit-il. Voilà vingt ans que je vis seul. J'espère que tu n'es pas offusqué.

Ibuki secoua la tête, les joues encore roses de stupeur.

Maître Sohô, le visage réjoui, revint vers elle.

Son sexe ballottait d'une jambe à l'autre. Il servit deux bols de thé.

– Assieds-toi, veux-tu.

Ibuki s'agenouilla face à lui, sur la natte de la couleur du blé. Il y eut un long silence pendant lequel maître Sohô savoura son eau bouillante. Ibuki remarqua que son corps n'était qu'une cicatrice. La plus grande lui balafrait le torse, de l'épaule gauche au flanc droit.

Enfin il releva les yeux vers elle.

– Sais-tu quel est le secret du sabre ?

Ibuki ouvrit la bouche pour répondre, mais le maître l'interrompit.

– Réfléchis bien.

Alors elle se pencha et saisit son bol. Elle le porta à ses lèvres, but deux gorgées, et le reposa lentement à la même place.

C'était un moment d'une importance rare.

– Je l'ignore, finit-elle par admettre.

Maître Sohô sourit malicieusement.

– Le secret du sabre est de ne pas dégainer le sabre.

Ibuki manqua de rire, puis se reprit.

Elle fixa longuement le maître pour tenter de lire au plus profond de son âme. Mais le vieil homme ne plaisantait pas. Ne pas dégainer le sabre.

Quelques instants plus tard, il se mit debout.

– Prépare-toi. Cet après-midi tu auras ta deuxième leçon.

Et il s'éloigna, dévoilant la partie flasque et partiellement velue du bas de son dos.

Le maître entraîna Ibuki vers les montagnes qui bordaient Okazaki.

Au milieu de la plaine, une alouette s'élança vers le ciel d'un bleu parfaitement uniforme. Des jeunes moineaux jouèrent à cache-cache parmi les plants de thé.

– Depuis ton plus jeune âge, tu donnes mille coups de sabre par jour ?

– C'est vrai.

– Montre-moi.

Ibuki brandit son sabre de bois devant elle, le souleva au-dessus de sa tête, et frappa le premier coup.

– Impressionnant. Continue.

Le maître s'éloigna de quelques pas.

Ibuki, le visage impassible, semblait pourfendre un ennemi invisible. Chacun de ses assauts était ferme et précis. Millimétré. Il s'en dégageait une volonté inflexible.

Maître Sohô s'allongea sous un saule. Sourit.

Et, au dix-septième coup, s'endormit.

Il s'éveilla quand Ibuki frappait le millième.

Il s'étira. Bâilla.

– Êtes-vous satisfait ? demanda-t-elle le souffle court et le corps en sueur.

– Je me suis assoupi, répondit-il.

Et il ajouta presque aussitôt :

– Sais-tu pourquoi ?

Ibuki secoua la tête.

– Car tu frappes avec tes mains. Non avec ton cœur. Le sabre *est* le cœur… Si ton cœur ne vibre pas, le sabre s'étouffe, s'éteint. Si tu désires apprendre le sabre, tu dois d'abord apprendre le cœur.

Ibuki écarquilla les yeux et médita les propos du maître.

– Je crois que j'ai compris…

– Bien. Alors recommence.

– Quoi ? Mille autres coups ?

– Mille autres. Et tâche, cette fois, de me tenir éveillé.

En fin de journée, tandis que le soleil basculait lentement derrière l'horizon, ils firent quelques pas sur les bords de la rivière Yahagi, où une semaine plus tôt maître Sohô était venu admirer le printemps renaître.

– Que vois-tu ? l'interrogea-t-il.

– Des cerisiers.

– Erreur. Ne vois-tu pas les fleurs tomber ? Hier, elles étaient encore rivées aux arbres. Aujourd'hui elles se détachent et voltigent au gré du vent. Certaines tapissent le lit de la rivière d'un blanc de nacre, d'autres se déposent sur la rive. Mais toutes, demain, sont appelées à se faner. Le samouraï est pareil à la fleur du cerisier, fragile et éphémère. Celle-ci tombe dans tout l'éclat de sa beauté, comme le samouraï imagine qu'il mourra au combat. Adieu printemps, nous nous en allons vers l'éternité ! Mais la fleur, elle, reviendra l'année prochaine. Pas le samouraï.

Il se tut. Puis murmura, presque pour lui-même :

– Si tu te destines à être un guerrier valeureux, tu dois te préparer à mourir. Matin et soir. Tu dois même te considérer comme déjà mort. Est-ce vraiment ce que tu désires ?

Ibuki médita à nouveau les propos du maître, silencieusement cette fois-ci.

Puis elle acquiesça.

Cohabiter avec maître Sohô ne fut pas chose aisée. Il vivait nu la moitié du temps, tandis que l'autre il buvait du thé. Mais le maître s'enthousiasmait aussi pour les petits riens. Un vol de papillons, un bouton de rose, le chapeau blond d'un épouvantail, l'emplissaient d'une joie profonde. Et lorsque la nuit venait, il ne manquait jamais l'occasion d'admirer la lune.

Et Ibuki apprit à l'aimer pour cela.

Malgré son statut important à Okazaki, maître Sohô refusait toute invitation officielle. Il consentait à se rendre à la fête de la neige ou à celle du printemps, mais s'interdisait catégoriquement de sortir de chez lui le 5 mai, jour des cerfs-volants. Il demeurait cloîtré dans sa chambre, devant une statue de Bouddha, et priait jusqu'à une heure tardive.

Le seul plaisir qu'il s'accordait était de porter ses pas sur la place du village, pour le marché. Choisir ses poissons, ses légumes, admirer les étals, était un bonheur simple, mais sincère.

Ici, chacun connaissait maître Sohô et le rôle éminent qu'il avait occupé autrefois parmi les samouraïs. Et même si certaines rumeurs couraient sur son compte, les habitants d'Okazaki, et de la région, le saluaient avec respect. Ses multiples cicatrices parlaient pour lui.

Le soir, autour du thé, ils discutaient. Du jeune empereur-dieu, Meiji, qui révolutionnait le Japon, de la modernité qui entrait avec fracas dans leur vie, et du recul toujours plus important des samouraïs. Maître Sohô pensait, pour dire les choses simplement, comme Monsieur Ozu : ces guerriers, qui s'étaient illustrés tant de fois par leur courage, appartenaient plus au passé qu'à l'avenir. Et en disant cela, il ouvrait le journal. Quelques idéogrammes indiquaient qu'une armée moderne, faite de fusils et de canons, s'était récemment substituée à eux.

– L'empereur ne leur a pas encore interdit le port du sabre, mais il est évident que nos frères ne font plus partie de l'élite.

Ibuki préférait garder ses réflexions pour elle. Elle n'aimait pas décevoir le maître. Ces soirs-là, plutôt que sortir de ses gonds, elle pointait du doigt le jeu de go ou les dés. Cela suffisait, en général, à ramener un sourire sur le visage du vieil homme.

Le matin, aux premières heures du jour, Ibuki se levait.

Sa chambre était attenante à celle du maître. Elle entreprenait une toilette rapide, enserrait sa poitrine dans du linge, et donnait ses mille coups de sabre.

Avec le cœur, se répétait-elle.

Avec le cœur.

– Pose ton sabre, dit le maître. Aujourd'hui je vais t'enseigner le thé.

Ibuki soupira en silence, mais fit ce que lui demandait le vieil homme. Ils ne prirent pas place sur la natte couleur de blé. Le breuvage se buvait à l'intérieur, mais s'enseignait à l'extérieur.

Ils suivirent ainsi le chemin du sud, celui qui menait vers les prairies.

– Tu crois sans doute que le thé est insignifiant, car ce n'est en fin de compte qu'une tasse d'eau chaude. Mais tu te trompes. Le thé est avant tout un voyage. Un voyage merveilleux pour celui qui sait l'écouter. Il suffit de quelques braises, deux ou trois feuilles, et un ami avec qui le boire. Le thé, vois-tu, c'est le possible dans un monde impossible. La douceur dans le bruit. Il dévoile la fragilité de nos êtres. Et celle de l'instant. La première tasse que tu portes à tes lèvres révèle son parfum, fort comme la vie. La deuxième te permet de savourer le thé lui-même, doux comme l'amour. Tandis que la troisième, ah la troisième, elle te transportera dans le royaume des immortels !

Ibuki écoutait sans trop comprendre. À quoi bon pouvait lui servir tout cela ? Elle ne rêvait pas de tranquillité, mais d'action. Elle ne cherchait pas l'harmonie, mais l'honneur. C'était pourtant un beau jour d'été. Ils traversaient un champ de riz vert et le bruit du vent était frais.

Maître Sohô était intarissable.

– Tous tes sens sont en action. Les feuilles que tu touches et que tu humes. Le thé que tu goûtes et dont tu aimes contempler le nuage de vapeur qui s'en échappe.

– Et l'ouïe ? se risqua Ibuki.

– Ah, l'ouïe... Tu crois peut-être que le thé s'en moque ? Écoute un peu...

Elle tendit l'oreille. Et perçut un chant lointain.

Quelques instants plus tard, ils firent face à d'immenses plantations de thé, avec leurs rangées sans fin de buissons touffus et verdoyants. Et au milieu, une vingtaine de cueilleuses... qui chantaient.

Toutes avaient revêtu un kimono rouge et un élégant chapeau de paille.

– Regarde. Certaines portent des gants en soie et des ciseaux d'or. Elles ne prélèvent que les bourgeons recouverts d'un léger duvet blanc. Cette récolte sera la plus fine et la plus savoureuse. Celle réservée à l'empereur.

Leur chant était pareil à un thé fumant : intense et mélodieux.

Ibuki oublia un moment le but de sa quête.

Les ciseaux d'or reflétaient les rayons encore tièdes du soleil. Et le chant des jeunes femmes – comme une mer immense – berçait la vallée.

Tout était calme et paisible. En paix.

Maître Sohô parla longuement du thé. Jusqu'à la nuit noire.

Ils retournèrent à Okazaki guidés par les étoiles et une lune parfaitement pleine. Devant la maison, ils retirèrent leurs sandales en paille.

Peu après, la bouilloire sifflait.

– Ce soir tu vas goûter un thé étrange. Ce ne sont pas des feuilles que l'on mélange à l'eau, mais de la poudre.

Le maître ouvrit une petite boîte ronde, opaque et étanche, sur laquelle était dessiné un grand soleil.

– Ce thé a horreur de la lumière, de l'humidité et encore plus de l'impureté de l'air.

La poudre était d'une finesse extrême et d'un vert lumineux. On aurait dit de la poussière de jade. Le maître jeta délicatement une pincée dans chaque bol et referma aussitôt la boîte. Il versa lentement l'eau à ébullition. Puis saisit un fouet en bambou et mélangea le tout. Quand une légère mousse apparut, il demanda à son élève de fermer les yeux.

– À présent, goûte.

La première gorgée fut amère et corsée. La deuxième, plus crémeuse, avait un léger goût de noisette. Quand Ibuki but la troisième, elle ne put s'empêcher d'ouvrir les yeux. C'était frais, sucré, et divin ! Comme si un plant entier de thé avait trempé dans sa tasse.

– C'est avec cette poudre verte que l'on fait la cérémonie du thé. Les feuilles sont cueillies sur des théiers de plus de cent ans, puis broyées selon un procédé très ancien. On nomme ce thé, matcha. Avec le gyokuro c'est le plus savoureux au monde.

Le maître but à son tour et tourna ensuite son visage radieux vers Ibuki.

– Dis-moi ce que tu ressens.

– C'est difficile à dire, répondit-elle… peut-être… une certaine…

– Oui ?

– Sérénité.

– C'est cela, exactement. Le thé n'existe que pour nous faire oublier le fracas du monde ! À l'intérieur, la quiétude. À l'extérieur, la fournaise. Voilà pourquoi le matcha et le gyokuro ne sortent pas de notre île. Nous les conservons, l'un et l'autre, jalousement pour nous. Les étrangers n'y ont pas accès. Cela reviendrait à donner des pièces d'or à un âne.

Ibuki sourit.

Puis ils finirent leur bol en silence. Se jetant de temps à autre un regard du coin de l'œil, chacun à sa place, comblés.

Dehors, la lune était une immense boule de fraîcheur.

– Le jour de ton arrivée, poursuivit le vieil homme en posant sa tasse, je t'ai dit que le sabre et le thé avaient le même goût. T'en souviens-tu ?

– Oui.

– Pour être honnête, ce n'est pas tout à fait exact. Certes, il faut connaître les deux arts pour vaincre. Mais le sabre, vois-tu, est synonyme de ruine, de mort… Tandis que le thé est l'opposé. Il est l'image de la vie.

Ibuki hocha imperceptiblement la tête.

– Le premier c'est la guerre, le sang, la souffrance. Vois toutes les cicatrices que je porte.

Et en disant cela maître Sohô écarta les deux pans de son kimono.

– Le second, au contraire, c'est la chaleur, la beauté, la paix.

Il y eut un bref silence, puis le vieil homme ajouta, comme s'il avait gardé cette phrase trop longtemps en lui :

– Crois-en mon expérience, le sabre ne t'apportera rien de bon. Alors que le thé… oh oui, le thé…

La vérité de maître Sohô n'était pas encore celle d'Ibuki. Et la jeune femme, toujours vêtue tel un homme, donnait chaque jour ses mille coups de sabre, avec régularité et sérieux.

Un matin, cependant, ils retournèrent vers les montagnes qui s'élevaient non loin d'Okazaki. Ils grimpèrent plus haut que d'habitude, jusqu'à atteindre un lac. L'été rayonnait. Et maître Sohô s'y jeta, la tête la première, entièrement nu. Après la longue marche, l'eau était délicieuse et rafraîchissante. D'un geste, il invita son élève à le rejoindre. Mais Ibuki prétendit ne pas savoir nager.

Elle demeura au bord du lac, observant les flancs de la montagne, gorgés de soufre, de fer et de cuivre. Le jaune y côtoyait le rouge, s'entremêlait au vert, et virait parfois au bleu. Toutes les couleurs de l'arc-en-ciel. Au-dessus d'elle passa une hirondelle.

Maître Sohô sortit finalement de l'eau et se laissa sécher au soleil. Son sexe pendait tranquillement, pareil à un drôle animal sans plume.

Ibuki détourna le regard.

Sohô, comme à son habitude, s'en amusa.

Une fois le vieil homme habillé de son hakama, ils reprirent leur chemin.

Ils approchèrent d'un arbre. Ils crurent d'abord que c'étaient des feuilles, puis les feuilles s'envolèrent. C'était des oiseaux !

– Où allons-nous ? demanda-t-elle.

– Tout là-haut.

Et en disant cela, il pointa le sommet de la montagne.

– Maître, s'enhardit Ibuki, cela fait près de six mois que je suis à vos côtés. Et nous n'avons pas encore combattu ensemble.

– Combattre ?

– Vous et moi. Avec deux sabres de bois.

Sohô laissa échapper un rire discret.

– Voilà vingt ans que je n'ai pas combattu.

– Justement, cela me donne une chance de faire bonne figure.

Le vieux samouraï demeura muet un long moment, puis Ibuki s'écria :

– Auriez-vous peur ?

Peur ? En temps de guerre, celui qui n'avait pas peur était déjà mort. Car la peur, au contraire de l'euphorie ou de l'excès de confiance, démultiplie les sens. Et c'est précisément parce qu'il avait eu peur, lors de chacune de ses batailles, que maître Sohô se devait d'être encore en vie. Il s'agissait, non de la nier, mais de la maîtriser, et de ne pas se laisser déborder par celle-ci.

Mais maître Sohô préféra taire ses réflexions.

Il indiqua, en revanche, avec un plaisir insoupçonné, une poutre de bois qui traversait un ravin d'une profondeur inouïe. La poutre faisait peut-être deux pieds de large et une vingtaine de long. Posée à même le sol elle ne représentait aucun danger. Mais au-dessus du ravin…

– Tu vois cette poutre ? Monte dessus et tu sauras ce qu'est la peur. Franchis-la et tu auras appris à la dominer. Tout samouraï doit être à même de contrôler ses peurs.

Ibuki posa un pied sur la poutre et sentit aussitôt ses jambes flageoler. Elle prit sur elle et approcha lentement le second pied. Mais elle fut incapable d'aller plus loin. Le ravin qui l'entourait était sans fond. Son vertige, gigantesque.

Elle recula.

– Alors ? lança le maître en souriant. Lequel de nous deux est le plus effrayé ?

Maître Sohô accepta néanmoins le combat. Ils grimpèrent encore, jusqu'au sommet de la montagne. Car un combat comme celui-ci ne pouvait se faire que proche des cieux. Et ce fut avec une joie non dissimulée qu'il refusa le bâton que lui préparait Ibuki.

– Je suis bouddhiste. Je ne porte pas d'arme, même en bois. Mon éventail fera l'affaire.

– Un éventail, contre un sabre de bois ?

– Frappe sans hésiter. Si tu me touches, j'admettrai que tu es un combattant hors pair.

Ibuki hésita un bref instant, puis se lança à l'attaque. Elle dressa le sabre au-dessus de sa tête et l'abattit sur le crâne du maître. Celui-ci fit un pas de côté et le sabre heurta lourdement la terre. Ibuki se redressa, tendit une nouvelle fois son arme face à elle, et accéléra le rythme. Mais ses assauts furent vains. Le maître demeurait insaisissable, un léger sourire aux lèvres, pas le moins du monde essoufflé.

– Frappe encore, lui dit-il.

Ibuki rassembla ses forces et repartit à l'offensive. Sohô esquivait chaque tentative. D'un coup d'éventail il déviait le sabre, se déplaçait plus vite que le vent, le visage serein et détendu, comme s'il était assis sur la natte de la couleur du blé à savourer son thé.

– En as-tu assez ?

Ibuki secoua la tête et donna tout ce qu'elle avait dans le ventre. Mais son long sabre de bois ne fendait que le vide. Maître Sohô était devenu une ombre, semblable au reflet de la lune sur l'eau qu'aucune main ne pourra jamais saisir.

– Le secret du sabre est de ne pas dégainer le sabre. Ainsi l'adversaire se tue lui-même de fatigue.

Ibuki devait l'admettre, elle ne pouvait pas lutter. Elle s'assit sur une pierre et reprit son souffle. Son cœur fragile battait furieusement dans sa poitrine.

– Tu sais maintenant ce que signifie vaincre sans combattre. Mon art ne me sert pas à tuer, mais à préserver et à protéger la vie.

Ibuki posa son arme à terre et reconnut sa défaite. Elle avait encore beaucoup à apprendre.

Un vent frais se leva, tandis que derrière l'horizon lointain naissait une brume orange. La nuit n'allait pas tarder. Sohô ramassa un peu de bois. Au-dessus de la lande planaient deux faucons. Ibuki s'approcha du feu, se réchauffa. Ensemble, ils cueillirent des baies sauvages et burent de l'eau qui s'écoulait non loin dans un lit rocheux. Tout était paisible. Dans la vallée quelques lumières jaillirent, pâles et bleues. Ici, au sommet de la montagne, ils pouvaient se sentir seuls au monde. Et en effet le silence était total. Ils dégustèrent les fruits sans un mot. S'adressant de temps à autre un sourire ou un regard complice. Le feu crépitait. Derrière eux, de larges touffes d'herbes leur serviraient plus tard de couche. Mais l'heure du repos n'avait pas encore sonné.

Ibuki releva alors les yeux et prononça ces paroles :

– Parlez-moi de vous.

– De moi ?

– Comment êtes-vous devenu samouraï ? Et pourquoi ne l'êtes-vous plus ?

– C'est une longue histoire.

– Nous avons toute la nuit devant nous. Et un feu qui nous tiendra chaud.

Sohô enfonça une tige de bois dans les flammes, remua quelques branches.

Voilà vingt ans qu'il n'avait pas raconté cette histoire.

Il redressa lentement la tête et plongea son regard dans celui d'Ibuki.

– La journée avait pourtant bien commencé, dit-il. Comme dans un rêve…

Akira Sohô était fils de samouraï. Et samouraï lui-même.

Il tenait le monde au bout de son sabre.

Des combats il en avait gagnés plus qu'aucun autre. Se battant dans la chaleur humide de Kyushu ou dans le froid au nord de Honshu. Il avait livré son premier duel à quinze ans et défait son adversaire. Puis il avait affronté trois membres du clan Fujiwara, armé seulement d'un sabre de bois, et l'avait emporté contre toute attente. Il avait terrassé le grand Sasaki Rikyû, dont les faits d'armes étaient sur toutes les lèvres.

Son nom peu à peu devint célèbre. On relatait ses exploits. Akira Sohô eut vite portes ouvertes dans toutes les maisons de thé, tous les quartiers de plaisirs. Ses cicatrices parlaient pour lui. La plus petite, ronde et ocre, avait la taille d'une balle. La plus grande lui balafrait le torse, de l'épaule gauche au flanc droit.

Son emblème était le soleil. Et il veillait, lors de chaque duel, à l'avoir dans le dos.

Akira Sohô avait aimé l'aube immobile avant l'assaut, l'odeur des cerisiers en fleur au milieu des combats, et la clarté de la lune quand la victoire était sienne.

Mais un soir d'été 1853, une profonde fatigue le submergea. Son sabre devint lourd, plus lourd que du plomb. Sa main se mit à trembler.

La journée pourtant avait bien commencé, comme dans un rêve. Il s'était allié avec le clan Shimazu et menait bataille sur la colline de Shiroyama, loin au sud du Japon. La victoire semblait certaine. Les ennemis, en surnombre, étaient mal organisés. Sohô portait son casque légendaire, à tête de dragon, fait de cuir, de fer et d'or. Et, sur la poitrine et le haut des cuisses, une protection en métal fin, qui déviait les lames adverses. Il avançait sans hésiter. Assénait ses coups de sabre, terrassait ceux qui avaient la témérité de s'approcher trop près de lui.

La chaleur était étouffante. Un essaim de libellules rouges traversa le champ de bataille.

C'est alors que Sohô se retourna.

Et ce qu'il vit, il ne devait jamais l'oublier.

Il vit un cheval sans tête, galopant sur la terre brûlée, au milieu des blessés et des cadavres. Un cheval effrayant. Mû par des spasmes, ou épouvanté par la folie des hommes. Le cheval galopa encore et encore, c'est du moins le souvenir que Sohô en avait gardé, avant de s'arrêter, de remuer maladroitement le haut de son encolure, et de s'effondrer.

Akira Sohô ne s'expliquait pas comment il avait survécu. Car à compter de cet instant, il avait porté son sabre au fourreau et l'y avait laissé.

Il avait erré, jusqu'à la fin de l'affrontement, hagard, sans être touché une fois par une balle ou une lame. Mais dans la bouche, il avait un goût de sang et de honte. Un goût qui n'avait jamais vraiment disparu depuis ce jour. Un goût amer qui lui avait fait comprendre l'inutilité et de la vacuité de sa vie.

Cet après-midi-là, il prit conscience de l'horreur de la guerre.

Les duels, les batailles, désormais, appartenaient à un autre monde.

Akira Sohô, le guerrier, n'était plus.

Or, bien que la victoire fût éclatante, le chef du clan Shimazu voulut faire un exemple. Un samouraï ne pouvait cesser de combattre. Même à moitié mort, il devait brandir son sabre et tenter de foudroyer l'ennemi. À la tombée de la nuit, il convoqua Sohô sous sa tente, en présence de ses principaux lieutenants. Le jeune Takamori Saigô, qui venait de s'illustrer brillamment, était là lui aussi.

Et, devant tous, il lui ordonna de se suicider.

C'était une mort honorable. Une façon, pour le chef du clan Shimazu, de rendre hommage au passé glorieux de Sohô.

Celui-ci accepta. Comme le voulait le code des samouraïs, il revêtit un kimono blanc, s'accroupit sur la natte brodée d'argent, et saisit le poignard effilé pour s'ouvrir l'abdomen.

Certains témoins dirent qu'il but d'abord un verre de saké.

D'autres qu'il écrivit un poème.

Pourtant, au moment de passer à l'acte, Sohô planta le poignard non dans son ventre, mais dans le sol.

Un geste fou, irréel. Insensé !

Refuser ce rituel revenait à vivre dans le déshonneur. À jamais.

Les lieutenants, stupéfaits, s'écartèrent.

Le jeune Takamori Saigô dégaina son sabre pour lui trancher la tête.

Le chef retint son bras.

Sohô était devenu intouchable.

Il sortit de la tente sans un mot, réunit ses affaires, et prit la route d'Okazaki, à pied.

Son nom ne fut plus prononcé par les membres du clan Shimazu.

On oublia ses hauts faits.

Et des livres d'histoire, on effaça son nom.

Quand il retrouva sa femme à Okazaki, Sohô lui dit simplement :

– Je suis revenu. Pour toi, et la fraîcheur des pins.

C'était une femme douce, issue d'une grande famille, qui avait fait fortune dans la soie. Son visage et ses mains étaient d'une blancheur éclatante, et sa voix aussi mélodieuse qu'une rivière qui chante. Elle ressemblait à un oiseau posé sur un fil, fragile et fière à la fois.

Bien vite, cependant, les mauvaises langues se délièrent.

Sur la place du village, non loin du pont qui enjambait la rivière, on rapporta ce qui s'était passé sur la colline de Shiroyama. Les voisins en parlèrent entre eux, le soir près du feu. Et la femme de Sohô ne put supporter la honte liée à la défection de son mari.

– Je ne voulais pas te laisser seule, lui confia-t-il une nuit tandis que la lune jouait avec les nuages.

– Tu aurais dû, murmura-t-elle en baissant les yeux.

Au matin, elle avait disparu.

Les gens du village la cherchèrent longtemps.

Sohô, fou de douleur, battit la campagne, écuma les villes, traversa le Japon d'est en ouest et du nord au sud.

En vain.

On la retrouva, quelques mois plus tard, dans un village assez proche tout compte fait d'Okazaki.

Morte de chagrin. Et de honte.

Au sommet de la montagne, il y eut un long silence.

Sohô tapotait le feu de sa tige de bois, la mâchoire serrée.

Ibuki devina qu'il avait souffert, et qu'il souffrait encore, cruellement, de la perte de sa femme. Depuis cet été 1853, il n'avait jamais plus porté un sabre ni même une armure. Vingt ans déjà. Il avait ensuite erré de longues semaines à travers les ténèbres, se noyant dans l'alcool et la solitude, préférant le brouillard à l'éclat du jour, les nuits d'hiver aux perles de rosée, et espérant une rédemption qui ne vint jamais.

Puis un soir, sans qu'il puisse l'expliquer lui-même, Sohô retourna chez lui, à Okazaki. La maison était vide, mais il y trouva un certain réconfort et peut-être aussi le souvenir de sa compagne.

Depuis, chaque matin, il portait de l'eau à ébullition, y jetait quelques feuilles de gyokuro ou de sencha, et le reste de la journée il s'asseyait dans son jardin, sur une marche, une pierre, ou un banc, et contemplait la beauté du monde, en savourant son thé.

– Comment s'appelait-elle ?

– Il y a bien longtemps que je n'ai pas prononcé le nom de ma femme. Mais pour toi, je vais faire une exception.

Maître Sohô pivota vers Ibuki.

Mais le nom qu'il formula fut emporté, comme une feuille morte, par le vent.

La nuit fut fraîche. Et le retour à Okazaki, silencieux. Chacun était dans ses pensées. Le maître n'était pas l'homme qu'elle croyait. Et Ibuki se demandait si elle devait rester ou rejoindre la brasserie de son père à Niigata. C'était un choix douloureux aux conséquences multiples. L'homme qui la précédait sur le chemin avait manqué à sa parole. Il n'avait pas respecté le code d'honneur des guerriers, il avait commis une faute impardonnable, et, comme nous tous, avait connu un moment de faiblesse… C'était terrible à imaginer.

Mais il l'avait fait, se disait-elle aussi, pour l'amour d'une femme. Une femme à la peau blanche éclatante et à la voix aussi belle qu'un poème.

Les montagnes alentour se détachaient sur un pâle ciel bleu. Plus bas, ils furent surpris par un vol de papillons. Une cinquantaine avaient jailli d'un coup et avaient tournoyé dans leurs cheveux. Parfois quelques insectes chantaient.

Vers midi, le village apparut. Puis la maison du maître.

Sohô poussa la porte.

– Alors que décides-tu ?

Et en disant cela il posa une main sur l'épaule d'Ibuki.

– Certes, si tu pars, tu n'auras plus le plaisir de me voir nu chaque matin. Mais si tu restes, je crois que j'ai encore une ou deux choses à t'apprendre.

Ibuki réfléchit un moment, puis demanda :

– Pensez-vous souvent à elle ?

Sohô ne put s'empêcher de sourire. Mais ce fut un sourire qui avait tous les aspects de la tristesse.

– Il n'y a pas une journée où je n'entends pas le son de sa voix, pas une heure où je ne songe à son visage. Le déshonneur, vois-tu, est semblable à une cicatrice sur un arbre que le temps, au lieu d'effacer, accroît à chaque instant.

Et la vie reprit son cours.

Entre sabre et thé.

– Souviens-toi, martelait maître Sohô. On ne triomphe pas de l'adversaire, mais de nous-même.

Un autre matin, nu comme un ver, il dit aussi en riant :

– Si tu ne suis pas la voie du thé, c'est le thé qui te boira !

Puis il ajouta aussitôt :

– Le sabre *est* le cœur, son prolongement. L'un et l'autre doivent vibrer à l'unisson.

Depuis qu'Ibuki avait choisi de poursuivre sa formation, le visage du vieil homme rayonnait de bonheur, et ses yeux gris pétillaient comme ceux d'un adolescent.

Quand la nuit venait, munis chacun d'un râteau, ils ratissaient le gravier du jardin. Ils dessinaient de grands cercles bleus, traversés çà et là par des lignes harmonieuses qui donnaient au terrain l'aspect d'une mer immense.

Puis l'automne succéda à l'été. Et le gel s'installa.

Au cœur de l'hiver la bouilloire sifflait sans cesse. Dehors les rafales du nord balayaient les lanternes de papier, toutes éteintes. La lune rousse roulait solitaire à travers le ciel. Nul ne s'aventura dans la tempête. Le thé brûlant avait alors un pouvoir magique, rassurant et revigorant comme un enfant qui venait de naître.

Un matin, pourtant, aux premiers jours du printemps, maître Sohô ne parut pas dénudé. Il avait la barbe taillée, les cheveux coupés et parfumés, les ongles limés, et portait un long kimono sombre aux reflets d'or.

Il fit quelques pas et prononça avec solennité ces mots :

– Une guerre se prépare.

Dans une malle rangée à l'écart, à l'abri de la lumière, il récupéra son ancien sabre et le nettoya longuement pour lui redonner son éclat.

Puis à l'aide d'une pierre légèrement incurvée, il affûta la lame.

Ensuite il prit place dans son jardin, et attendit. La journée entière.

Ibuki, sans trahir son étonnement, vint s'asseoir à ses côtés, mais n'osa perturber son silence.

Une légère pluie redressa les fleurs que maître Sohô avait plantées le dernier été. Il y eut un vol d'hirondelles. Plus tard un merle siffla… à moins que ce ne fût un pinson.

– Le Japon d'hier se meurt, confia-t-il soudain avec un tremblement dans la voix. Il se meurt et celui de demain arrive à grands pas. Et je ne crois pas avoir une place dans ce monde-là.

Ibuki sursauta. Maître Sohô posa sa main sur la sienne.

– D'ici peu les hommes cesseront de porter des armures et des sabres. Ils ne cesseront pas de se battre malheureusement, mais les guerres se feront autrement. Et ni les samouraïs ni moi-même n'y pouvons rien changer.

Il conserva précieusement la main d'Ibuki dans la sienne. Et lui sourit.

– Tu te demandes sans doute pourquoi j'ai revêtu mes plus beaux habits ? Un guerrier doit toujours être prêt à livrer un rude combat. Que dirait mon adversaire si je me présentais devant lui en tenue négligée ? Il aurait de bonnes raisons de se moquer de moi, tu ne crois pas ?

Puis il se leva et déclara une nouvelle fois :

– Oui, une guerre se prépare.

Et il ajouta aussitôt d'un ton malicieux :

– Pour l'heure, je vais la livrer seul.

Le corps de maître Sohô était couvert de cicatrices, sauf à un endroit précis.

Et cet endroit-là lui permettait, de temps à autre, de passer de longues soirées dans le quartier des geishas.

C'est ce qu'il fit le soir même.

Il ne rentra qu'à l'aube, harassé, fourbu, mais joyeux, le sexe aussi flapi qu'une courgette pelée.

Le jour de la fête des cerfs-volants, maître Sohô demeura cloîtré dans sa chambre. Comme chaque année, il s'installa aux aurores devant la statue du Bouddha, et pria jusqu'au soir. Il pleurait sa femme que l'on avait retrouvée un matin pluvieux non loin d'Okazaki. Un 5 mai. Que lui disait-il ? Ibuki n'en sut jamais rien. Peut-être lui parlait-il de son élève et des progrès qu'elle ne cessait d'accomplir.

Un mois plus tôt, le vieil homme avait déposé sur la natte couleur de blé une trentaine de bols, pleins à ras bord d'un thé différent. Certains avaient la couleur légère du jade, d'autres celle plus foncée de l'amande ou de l'émeraude, d'autres encore tiraient sur l'ocre jaune ou le brun ambré.

– Qu'est-ce que c'est ? avait demandé Ibuki amusée.

– Tu as là, face à toi, les meilleurs thés du Japon. De l'aracha, du sencha, du gyokuro évidemment, mais aussi du matcha, du kukicha. Chaque thé a été cueilli spécialement pour moi. Certains ont été ombrés, ce qui signifie qu'on a recouvert les plants avec de la paille de riz, trois semaines avant leur récolte, pour obtenir un goût plus intense et plus savoureux. Les autres ont été laissés au soleil jusqu'à la dernière seconde, afin d'obtenir une note plus parfumée qui peut laisser échapper, parfois, une odeur de rose ou de datte. Tous ont une particularité bien simple : ce sont des thés verts.

Ibuki avait écouté sans trop savoir où le vieux maître voulait en venir.

Puis il avait ajouté avec une pointe de malice :

– Sauras-tu les reconnaître ?

Ibuki avait fait mine de ne pas comprendre.

– Ferme les yeux. Et laisse leur arôme t'envahir. Sens-tu l'herbe fraîche ? Ce goût de feu et ces fragrances sauvages ? Cette trace de résine ? Comme un vent qui se lève et qui emporte dans ses filets l'odeur de la terre brûlée.

Ibuki avait obéi et laissé venir à elle les différents parfums.

Il y en avait tellement, sa tête se mit à tourner, elle hésita…

– Prends ton temps, avait soufflé le maître. Laisse aller ton imagination… Vois les plantations, ces rangées sans fin de buissons, la lumière qui les berce. Approche-toi. Entends-tu les cueilleuses chanter ? Les heures sont fraîches, car le thé récolté est encore meilleur tout couvert de la rosée matinale. Au signal des cymbales, les cueilleuses se mettent au travail. Les bourgeons brillent comme de l'or. Ils sont prélevés avec une infinie délicatesse. Les jeunes filles les détachent avec leurs ongles, et non avec leurs doigts, afin d'éviter que la transpiration ou la peau ne viennent contaminer les feuilles. Elles les déposent ensuite dans la hotte attachée dans leur dos. Les entends-tu ? Aux premières chaleurs, tout s'arrête. Et l'on recommence le lendemain.

Ibuki, les yeux fermés, avait inspiré. Plus profondément.

Il y avait là, elle en était certaine, légèrement sur sa droite, l'arôme typique du matcha. Et, non loin, deux tasses devant, celui si caractéristique du gyokuro, aux notes florales et raffinées.

– Le thé, compléta le maître, c'est la perfection dans un monde imparfait.

Le kukicha devait être ici, s'était dit Ibuki… Mais les autres, tous les autres…

– À présent, goûte-les un à un, et dis-moi d'où ils proviennent.

Maître Sohô était revenu avec trente nouveaux bols, le jour suivant.

Puis le jour d'après.

Et celui d'après encore.

Début mai, peu avant la fête des cerfs-volants, Ibuki, pour la première fois, n'avait commis aucune erreur. Elle connaissait chaque thé par cœur, et les avait nommés en fonction de leur arôme, de leur goût, ou de leur couleur.

Sur l'instant, le maître n'avait pu s'empêcher de verser une larme.

Il avait détourné maladroitement son visage et prétexté une plante à arroser dans son jardin. Mais Ibuki n'avait pas été dupe. Elle savait que le vieil homme était fier d'elle, et que la pudeur l'avait empêché de la prendre dans ses bras et la serrer contre lui.

À la nuit tombée, pour la première fois, il avait autorisé Ibuki à préparer le thé.

Elle l'avait confectionné avec grâce et patience, pour lui rendre au centuple ce qu'il lui avait donné. Elle avait choisi un thé simple, de la région de Kyoto.

Puis ils l'avaient bu en silence, tandis qu'à la fenêtre deux lucioles s'abritaient dans un rayon de lune.

Peut-être, donc, était-ce tout cela qu'il confiait à sa femme devant la statue du Bouddha. Sa femme dont le nom, un soir, s'était perdu dans le vent.

À moins qu'il ne lui confesse, plus simplement, qu'il aurait aimé avoir un enfant comme Ibuki.

À chaque réveil, Ibuki n'oubliait pas de bander ses seins dans du linge propre et de revêtir son kimono sombre. Sa voix par habitude avait perdu une octave. Et personne n'aurait pu deviner que, depuis dix-huit mois, une jeune femme vivait sous le même toit que maître Sohô.

Elle n'oubliait pas non plus ses mille coups de sabre qu'elle donnait en général avant le lever du maître. Elle en portait parfois mille autres avant de se coucher ou lorsqu'une leçon l'exigeait.

– Le cœur est le miroir du sabre, répétait son professeur. Et ton esprit se doit d'être au bout de la lame. Recommence !

À plusieurs reprises, elle était retournée près du ravin. Mais la poutre étroite demeurait infranchissable. Pourtant, posée à même le sol, c'était un jeu d'enfant d'aller et venir. On pouvait y danser dessus ! Ibuki enrageait devant sa faiblesse, elle ne devait pas laisser affleurer ses émotions. C'était indigne d'un samouraï.

Elle redoubla donc d'efforts, se leva plus tôt pour accroître le nombre de ses exercices, et venait sans trêve sur les bords de la rivière Yahagi pour se battre seule contre le vent. On aurait dit alors, tant elle s'exerçait avec passion, qu'elle tentait d'éteindre un feu ardent dans ses cheveux.

Mais à trop vouloir atteindre son rêve, elle en perdit le sommeil.

Un après-midi, maître Sohô l'attendait pour le thé. Ibuki ne vint pas.

Il patienta accroupi, un moment qui lui sembla fort long. Puis lorsque le thé fut froid il se leva, inquiet et soucieux.

Il courut au village, traversa la place principale, s'élança à travers les champs. Et découvrit Ibuki sous les cerisiers qui bordaient la rivière.

Étendue.

Inanimée.

Pour la seconde fois, Sohô prit Ibuki dans ses bras. Elle lui parut encore plus légère. Plus légère qu'une feuille de thé. Il se précipita chez lui et la déposa avec délicatesse sur la natte couleur de blé. Il lui apporta aussitôt un bol brûlant.

Elle avala deux gorgées et prononça une suite de phrases incompréhensibles, dont émergèrent les mots « cœur » et « fragile ». Quand Sohô lui toucha le front, il était bouillant.

Il fit coulisser les fenêtres et s'empressa de lui ôter son kimono noir.

Ibuki était à nouveau sans connaissance. Un bandage enserrait sa poitrine.

Maître Sohô hésita…

Puis il décida de l'ôter aussi.

III

Dix jours furent nécessaires à Ibuki pour se rétablir. Dix jours d'un repos complet.

Au début maître Sohô la soignait avec un thé de son invention qui mêlait des feuilles de gyokuro à la poudre du matcha. Cela donnait un goût étrange, mais le résultat ne se fit pas attendre.

Dès le lendemain, Ibuki put se tenir assise sur son lit.

– Je vous demande pardon, lui dit-elle aussitôt.

– De quoi ? De t'être évanouie au bord de la rivière ?

– Non. Je vous demande pardon de vous avoir menti.

Pourtant sur le visage du maître, il n'y avait aucune rancœur. Au contraire, il s'en émanait un je-ne-sais-quoi d'espiègle et de joyeux.

– C'est moi qui te remercie, lança-t-il. Il y a une éternité que je n'avais pas contemplé une femme aussi jeune entièrement nue !

Les joues pâles d'Ibuki rougirent et elle remonta inconsciemment son drap jusqu'à ses épaules.

– Les geishas qui veulent bien de moi, tu t'en doutes, n'ont plus ton âge depuis longtemps !

Ils rirent ensemble, comme une complicité retrouvée.

Puis Sohô reprit plus sérieusement :

– J'ai cru mourir en te voyant inanimée sous les cerisiers. Je ne le supporterai pas une nouvelle fois. Dorénavant tu limiteras ton entraînement au sabre, et tu boiras davantage de thé. Cela renforcera ton cœur malade.

Ibuki acquiesça. Avait-elle vraiment le choix ?

– Mais dis-moi...

Et en disant cela, le maître s'avança un peu plus vers elle.

– Depuis des mois je t'appelle Ryôkan. Ryôkan Ozu... J'imagine que ce n'est pas ton nom.

– Non, confessa-t-elle. C'est celui de mon père.

– Et le tien ? Me diras-tu enfin comment tu t'appelles ?

La jeune femme laissa passer un bref instant, puis murmura :

– Ibuki.

Le visage du vieil homme se transforma en un magnifique sourire.

– Ibuki, répéta-t-il, ce qui signifie « second souffle » ou « renouveau ». Je comprends mieux maintenant pourquoi tu es venue jusqu'à moi.

Après un moment Sohô se leva pour laisser son élève se reposer. Mais avant de quitter la pièce, il prononça ces mots :

– Je pense qu'il vaut mieux, vis-à-vis des voisins et du reste du village, que tu continues d'être un garçon. Ne sors pas sans ton kimono noir. Et quand nous irons à l'extérieur de la maison, je t'appellerai comme avant : par le nom de ton père. Cela te convient ?

Ibuki hocha la tête. Le maître allait disparaître derrière le panneau de papier, quand elle le retint.

– J'ai une question à vous poser…

– Oui ? dit-il en réapparaissant.

– Depuis quand savez-vous que je suis une femme ?

Maître Sohô marqua une pause.

– Je suis certaine que vous ne l'avez pas découvert hier.

– Qu'est-ce qui te fait dire cela ?

– Votre attitude à mon égard. Comme par exemple le combat où vous n'avez pas souhaité vous battre. Et d'autres détails.

Le maître préféra sourire et ne pas donner suite à la conversation.

Il fit un pas en arrière.

– Alors ? insista-t-elle.

Il y eut un nouveau silence. Ibuki réitéra sa question :

– Depuis quand ?

Les yeux gris du vieil homme croisèrent ceux de son élève.

Puis il déclara avec malice :

– Depuis le premier jour.

– Mais… souffla Ibuki incapable de trouver ses mots.

– Quoi ?

– Et chaque matin vous êtes nu comme un ver ?

– La vie est si courte mon enfant, il faut bien en profiter un peu !

Et le maître quitta la pièce en riant.

Ibuki entendit son rire la journée entière.

Ce n'est que le lendemain qu'elle put se lever pour la première fois. Elle fit quelques pas jusqu'au jardin, et profita d'une belle lumière et d'une température clémente. L'été s'achevait. Elle pensa aux rizières de Niigata, qui se couvraient à cette époque de coquelicots sauvages. Aux grains de riz d'un jaune flamboyant qui pliaient sous la brise fraîche et parfumée du mois de septembre.

Et son père, que faisait-il ?

Il préparait certainement la récolte avec ses apprentis. Une période intense, avant que le riz ne fermente pendant l'hiver et ne donne le saké le plus pur du Japon. L'empereur lui-même l'avait apprécié à quatre reprises le jour de son mariage !

De quel empereur s'agissait-il ? Ibuki fut surprise de ne pouvoir répondre à cette question.

En revanche elle se souvint avoir fait d'étranges cauchemars pendant la nuit. Elle avait combattu, sans relâche, des guerriers-insectes qui ressemblaient à des libellules. Elle avait appelé à l'aide.

À son réveil, le maître lui avait appris qu'elle avait sans cesse marmonné un nom. Un nom qui n'était ni le sien ni celui de Monsieur Ozu.

– Vous souvenez-vous lequel ? avait-elle demandé.

– Oui, il me semble que c'était Matsuo.

Maître Sohô ne chercha pas à en savoir davantage. Il laissa la jeune femme à ses souvenirs et s'en fut au marché.

À son retour il la trouva assise dans le jardin. Alors il prit place à ses côtés. Et tandis que les fermiers aux alentours drainaient l'eau des terres, ils laissèrent passer le temps. Une alouette tournoya près d'eux, un ginkgo perdit quelques-unes de ses feuilles. Et dans ce silence, soudain, quelqu'un joua de la flûte.

Les notes dansèrent un moment dans l'ombre des arbres, puis, lentement, s'éteignirent avec le vent.

À sept heures, la cloche du village sonnait.

Le lendemain, Ibuki était encore trop faible pour toucher au sabre.

Elle quitta sa chambre et prépara le brasero pour faire chauffer l'eau du thé.

C'est alors que maître Sohô surgit.

Nu, comme tous les matins !

Il prit la direction du jardin et demeura un court instant à humer l'air matinal. La pluie de la nuit avait fait de grosses flaques dans lesquelles venaient boire les oiseaux.

Puis il urina, péta. Et se retourna vers Ibuki, pétrifiée.

– Pourquoi prends-tu cet air offusqué ? s’exclama-t-il. Tu as l’habitude à présent !

Et comme la veille, il quitta la jeune femme dans un grand éclat de rire.

Puis l'automne frappa à leur porte.

Il plut une semaine entière et la brume s'installa à Okazaki.

Maître Sohô et Ibuki sortaient rarement.

Quand le temps le permettait, ils allaient jusqu'à la rivière Yahagi. L'eau s'écoulait sans un bruit.

Un matin, la rivière gela. Et tout autour, le monde brisa sa course. Les animaux s'évanouirent, les couleurs aussi, et il ne resta au milieu de la lande que le blanc du ciel et de la neige.

– Sabre et thé sont opposés, dit soudain le maître. Et il te faut choisir l'un ou l'autre. L'harmonie est à ce prix.

– Comment faire son choix ? demanda Ibuki.

Maître Sohô fit quelques pas et répondit avec douceur.

– Un jour, un homme fut ébloui par la mer qu'il voyait pour la première fois. Comme c'est beau, s'écria-t-il, comme c'est immense ! L'ami qui l'accompagnait lui dit alors : et encore, tu ne vois que la surface !

Maître Sohô sourit et ajouta :

– Le sabre est ce qu'il y a à la surface. Le thé se trouve en profondeur. Le sabre est extérieur. Le thé est intérieur. Le sabre, par la force des choses, est éphémère. Le thé, permanent. Mais surtout, retiens ceci : le sabre prend la vie. Le thé, lui, la donne.

– Mais n'aviez-vous pas dit que le sabre et le thé avaient le même goût ?

– Si. Mais regarde : le sommeil et la mort, eux aussi, se ressemblent sur bien des points. Or, ils sont si différents…

Ibuki garda le silence jusqu'à la maison du maître.

Puis naturellement elle saisit la boîte en bois laqué sur laquelle était dessiné l'oiseau moucheté d'or. Elle l'ouvrit, huma le doux parfum qui s'en dégageait. Et prépara avec toute son âme le thé.

Les jours qui suivirent, Ibuki se remémora souvent les propos du maître :

Le thé est en profondeur.
Ne réside à la surface que la réalité fragile et momentanée.
Et sur la vague prête à mourir : le samouraï.

Le soleil était pâle, le froid plus vif que jamais. Les paroles se figeaient dans l'air glacé. Et dans la plaine, au milieu des plants de thé immobiles et transis, un Bouddha de neige.

L'année 1877 débutait.

Maître Sohô apparut dans ses plus beaux habits, les cheveux en chignon, et parfumés. Il sortait.

Le quartier des geishas se trouvait près de l'ancien château. Il suffisait de suivre les lanternes de papier, rouges et bleues, lorsque le vent ne les éteignait pas toutes. Heureusement le maître connaissait ce chemin par cœur et aurait pu s'y guider les yeux bandés. Aussitôt passé les premières lanternes, il prenait à droite une ruelle étroite, joliment éclairée par une dizaine de lampions en soie, accrochés aux murs ou posés à terre. Puis frappait trois fois à une porte. Trois coups successifs et brefs. Une femme, le visage entièrement fardé de blanc et les lèvres teintées de rose, lui ouvrait. Maître Sohô saluait Madame Mei.

Et entrait.

Sans un mot.

Dans une salle, légèrement à l'écart, il s'asseyait sur une natte en paille de riz et buvait avec délice le thé préparé à son attention. Pendant ce temps, et selon la saison, Madame Mei jouait de la musique. Du luth à trois cordes ou de la flûte. Quand maître Sohô posait enfin sa tasse, vide, elle se levait. Et lentement retirait son kimono violet sur lequel on devinait, peintes à la main, des fleurs de cerisier.

Dans la dernière maison à la sortie du village, seule, Ibuki s'ennuyait. Et bien que le maître lui en ait interdit l'accès, elle entra ce soir-là dans sa chambre. La première chose qu'elle vit, éclairée par plusieurs lucioles qui dansaient près de la fenêtre, fut une malle en bambou. Avec à l'intérieur un véritable trésor : l'armure de maître Sohô et son sabre.

Ibuki saisit celui-ci à deux mains, comme s'il était en cristal, et sortit la lame de son fourreau. Elle était d'une blancheur éclatante, fine, aiguisée, à la courbure parfaite. Elle fendit l'air à de nombreuses reprises et fut surprise par la légèreté de l'arme, sa flexibilité. Ce sabre, à n'en pas douter, était l'âme de maître Sohô.

Puis elle prit son casque, à tête de dragon, et s'en couvrit le visage. Il était fait de lamelles de cuir et d'écailles de fer. De fines feuilles d'or rehaussaient son éclat. Ainsi parée, elle se sentit invincible, et regretta amèrement le temps perdu à ne pas s'entraîner.

Mais étrangement, tandis qu'elle tenait à la main la lame en acier du maître et portait fièrement le casque qui l'avait rendu célèbre, son regard fut attiré par un portrait. Peint à l'encre noire, il s'agissait d'une femme. Suffisamment belle pour être l'épouse de maître Sohô.

Ibuki s'approcha.

Elle était vêtue d'un kimono sombre sur lequel on devinait, pareils à des étoiles, des flocons de neige.

Et, plus étrange encore, cette femme dont elle ne connaissait pas le nom lui ressemblait comme deux gouttes d'eau.

Jamais Ibuki n'évoqua cette ressemblance avec le maître.

Cela la troubla, longtemps. Puis elle comprit qu'il n'y avait pas de hasard. Le chemin qui l'avait menée ici aurait pu être un autre chemin. Toutes les routes qui partaient de Niigata l'auraient irrémédiablement conduite auprès de maître Sohô.

Cette femme au kimono sombre dès lors hanta ses rêves. Elle l'appelait, mais son nom, sitôt prononcé, disparaissait. Comme la buée naît et s'évapore sur les lèvres. Elle était aussi insaisissable que le vent, aussi indomptable que l'eau de la rivière Yahagi en été. Et seuls les flocons de neige, entrevus sur sa tunique, paraissaient réels.

Pour chasser ses idées, Ibuki reprit avec force et courage sa formation.

Elle connaissait désormais chaque thé vert du Japon et découvrit avec l'aide de maître Sohô le thé noir des Indes et le thé blanc, presque diaphane, de Chine.

Le secret d'une bonne préparation, lui avait expliqué le maître, dépendait de trois actions : le choix des feuilles, la qualité de l'eau et le temps d'infusion.

– Tout l'art du thé, vois-tu, consiste à trouver le bon équilibre. Chaque tasse doit être idéalement composée de douceur et d'amertume. Une légère différence, de l'un ou de l'autre, fera toute la distinction entre un bon et un mauvais thé. En fin de compte, le thé est à l'image de la vie. Nous recherchons tous l'harmonie. Mais rares sont ceux qui la trouvent.

Ibuki progressait. Et elle seule, à présent, préparait le thé.

Simultanément elle succomba de nouveau au sabre.

Car, pour la jeune femme, le sabre incarnait la vigueur, la vitalité.

Comment faire un choix ? se demandait-elle. Le maître, pourtant, ne cessait de lui répéter :

– Sabre ou thé… thé ou sabre… il est urgent de te décider.

Un matin, après son réveil, le vieux maître urina et fit un trou dans la neige. Plus loin, sur le gravier, un chat se battait avec une feuille d'érable fouettée par le vent. Il y avait dans l'air comme une insoumission.

Quand Sohô revint du marché, il avait le visage sombre et décomposé. Sur le journal, en première page, une dizaine d'idéogrammes noirs disaient ceci : le port du sabre désormais est interdit aux samouraïs.

– Comprends-tu ce que cela signifie ? demanda-t-il d'une voix fébrile.

Ibuki n'eut pas le temps de répondre.

– Le jeune empereur Meiji se retourne contre ses anciens alliés. Depuis son accession au pouvoir, les samouraïs n'étaient plus grand-chose. À présent, sans leur sabre, ils ne sont plus rien !

Maître Sohô fit les cent pas, se posta un moment à la fenêtre, puis finalement jeta le journal au feu.

– C'est un affront suprême. Une terrible humiliation.

– Et vous pensez que…

– Oui, dit-il. Cette fois-ci la guerre est déclarée.

Ibuki hocha la tête. Elle n'en avait jamais entendu parler. Le maître poursuivit :

– Ce sont de courts poèmes d'adieu à la vie. Ils sont rédigés peu avant un combat, une bataille, ou peu avant que le samouraï ne se donne volontairement la mort. L'essence même du guerrier exige fidélité, courage, et honneur. Mais il ne doit pas ignorer non plus la calligraphie, la peinture, la poésie. Ces poèmes d'adieu représentent donc les dernières paroles, les dernières pensées d'un homme qui se sait condamné. Une sorte de testament.

– Et comment nommez-vous ces poèmes ?

– Jiseiku. Leur forme est d'une simplicité extrême. Cinq vers et trente et une syllabes. Ni plus ni moins. Et dans ces trente et une syllabes, comme un dernier cri, c'est tout un monde plein de fureur et de bruit, plein de nostalgie et de larmes, que l'on entend.

Ibuki acquiesça.

– L'espace d'un instant, très bref, ces guerriers solitaires ont osé regarder la mort en face.

Ils reprirent leur marche à travers les belles étendues de blé qui encerclaient Okazaki. Le printemps, en ce début d'année, était blond et doré. Tout comme les herbes folles, les jonquilles, et les fleurs sauvages.

– Et vous ? se risqua Ibuki. En avez-vous déjà composé ?

– Quand j'ai cru mourir.

– Je veux dire ce jour-là…

Maître Sohô releva les yeux.

Une famille d'hirondelles bleues s'en revenait sur l'île.

– Ce jour-là, reprit la jeune femme, lors de votre dernière bataille, quand le chef du clan Shimazu vous a ordonné de vous suicider.

Le maître fit mine de réfléchir, le temps pour les hirondelles de disparaître dans le blanc du ciel.

– En effet, répondit-il. J'ai rédigé un Jiseiku.

– L'avez-vous conservé ?

– Tu aimerais le lire ?

– Je crois que oui.

– Dans ce cas écoute…

Et il prononça les cinq vers qu'il avait écrits un soir d'été 1853, alors qu'il pensait sa fin proche, sur la colline de Shiroyama, au sud du Japon.

Le soir même où Ibuki naissait.

Rien d'autre à contempler
que la lune
lointaine et solitaire
chaque fois que tu la verras
souviens-toi de moi

– Parlez-moi de poésie, demanda Ibuki.

– C'est une rupture, l'inattendu, comme un point sur un « i » que l'on inverse et qui devient exclamation. Le moment où basculent l'éphémère et le permanent. Quand la pesanteur rime avec légèreté. C'est cet instant de grâce entre l'équilibre et le déséquilibre, lorsque l'insouciance devient sérieuse. La poésie, vois-tu, c'est la grandeur du tout petit. Ce n'est pas ce qui est dit qui importe, mais le vide. Le silence. Ce qui se trouve après le point, et qui est à peine suggéré.

Ibuki écoutait. Elle n'avait jamais rien entendu d'aussi beau.

– La pratique du Jiseiku est cependant strictement réservée aux samouraïs. Et quiconque, d'une caste inférieure, est surpris à rédiger ces cinq vers, se voit aussitôt condamné à mort.

La voix de maître Sohô se fit plus faible, ou bien était-ce le vent du nord qui se mit à gémir plus fort.

– Et si un jour les samouraïs venaient à disparaître, le Jiseiku s'éteindrait avec eux.

Les premiers toits de chaume d'Okazaki apparurent derrière les pins argentés. Ils traversèrent en silence la place du village, vide à cette heure, et empruntèrent le vieux pont en bois qui surplombait la rivière Yahagi.

Au milieu, ils croisèrent un grand seigneur à cheval, précédé par trois serviteurs. L'homme était vêtu d'un hakama et portait une ombrelle. Celle-ci était rouge sang et son hakama était noir.

– Connais-tu Yoshiteru Ashikaga ?

Ibuki tourna son visage vers celui du maître.

– Je suis sûr qu'il t'aurait plu. C'était un sabreur remarquable, le meilleur peut-être que connut le Japon. Il vécut au XVIe siècle. Après une vie de combats, il en mena un dernier, assailli par une dizaine d'ennemis. On dit qu'il ne portait pas son armure ce matin-là. Il succomba sous les coups de sabres et de poignards. Il n'avait même pas trente ans. Écoute ce qu'il a écrit juste avant de mourir :

La pluie du mois de mai
est-elle rosée ? est-elle larme ?
bel oiseau
prend mon nom
et élève-le au-dessus des nuages

– Le Jiseiku est un poème de l'instant. Tu dois y livrer ton cœur, comme un dernier battement, une ultime respiration. Le souffle laissé sur la page blanche doit être d'une beauté fulgurante. Souviens-toi, Ibuki : cinq vers et trente et une syllabes, c'est tout ce dont dispose le farouche guerrier pour évoquer la fragilité et l'incertitude qu'est la vie. L'art du minuscule. Comprends-tu ?

Ils avaient quitté depuis longtemps leurs sandales en paille et franchi le seuil de la maison du maître. La bouilloire sifflait déjà.

– Mais dans cet échantillon, conclut le maître, tout est dit.

Les jours qui suivirent, maître Sohô s'éveillait agité. Lui qui aimait plaisanter et taquiner Ibuki, n'avait plus le cœur à cela. Il paraissait soucieux, et passait de longues heures solitaire dans son jardin. Il ne semblait s'attacher qu'à l'éveil des papillons, l'apparition d'un arc-en-ciel, ou à la brise qui s'engouffrait dans ses bambous. Une nuit, il observa une araignée qui tentait d'attraper, dans le reflet de l'étang, un croissant de lune.

– J'ai rêvé de toi, dit-il à Ibuki. Tu étais sur un bateau gigantesque, au milieu de la mer. Le bateau n'avait pas de voile, mais une cheminée par laquelle sortait de la fumée. Tu étais seule. Et tu paraissais triste.

– Vous n'étiez pas à mes côtés ?

Le maître ne sut pas quoi répondre. Il ajouta simplement :

– Je me souviens que le soleil se levait et que le spectacle était somptueux. Les vagues étaient orange et bleues, et scintillaient de mille feux ! Je n'ai jamais quitté mon île. Ni rien vu d'autre que les montagnes et les plaines sans fin du Japon. Mais si le choix m'était donné, je partirais avec toi.

– Et où aimeriez-vous aller ?

– Loin. Très loin. Là où les hommes et les femmes ont les yeux ronds et le nez allongé. Là où l'écriture est étrange, et où les mots prononcés sont obscurs. Peut-être faut-il plusieurs mois de navigation pour se rendre là-bas, une année, que sais-je ?

– La terre est-elle aussi grande que cela ? s'étonna Ibuki.

– Elle l'est bien davantage, crois-moi. Une vie ne te suffirait pas à en faire le tour.

Maître Sohô se leva et ouvrit le panneau coulissant.

– Oui, je partirais bien avec toi.

Et sur ces paroles il reprit sa place dans le jardin, à attendre.

Attendre quoi ? voilà ce que se demandait Ibuki.

Ce n'est que le lendemain, aux aurores, que le pli arriva – comme l'avait prévu le maître. Une feuille de papier cachetée et pliée en quatre, sur laquelle était écrit en toutes lettres son nom : Akira Sohô.

Bien qu'il se fût préparé à cela, le vieil homme eut un choc. Cela faisait si longtemps qu'on ne l'avait pas appelé ainsi. Plus de vingt ans ! C'était – il s'en souvenait encore – un soir d'été, sur la colline de Shiroyama.

Sur la lettre ouverte, il ne vit qu'un seul idéogramme, tracé à l'encre noire.

Nulle signature.

À quoi bon ? Sohô savait parfaitement qui en était l'auteur.

Autrefois, c'était un jeune samouraï intrépide, ambitieux et colérique. Et lorsque Sohô avait refusé de s'ouvrir l'abdomen, il avait dégainé son sabre pour lui trancher la tête.

Takamori Saigô.

L'idéogramme disait simplement ceci :

« Viens »

– Nous n'irons pas, tonna maître Sohô. Je ne suis plus samouraï. Et toi tu ne l'es pas encore. Pire, tu es une femme.

– Personne ne le sait.

– Moi je le sais, c'est suffisant.

Tout proche, un épouvantail sans chapeau et sans nom semblait perdu dans la brume. Le maître avait accepté de quitter son jardin et de faire quelques pas à l'extérieur d'Okazaki. Il faisait bon.

– Vous ne pouvez pas rester ici les bras croisés !

– C'est pourtant exactement ce que je vais faire.

– Mais…

– N'insiste pas.

Les derniers samouraïs se regroupaient autour de Takamori Saigô. Combien en restaient-ils ? Quatre cents, peut-être. Cinq cents…

Face à eux, l'armée impériale se rapprochait et comptait plus de trente mille hommes.

Les premiers se battaient avec des sabres. Les seconds possédaient des fusils, des canons. Ce n'était pas une bataille, mais un instant de vérité dont dépendrait la survie ou la disparition des samouraïs.

Et, fait étrange, cet affrontement que pressentait depuis longtemps le maître, qu'il avait prédit et qu'il craignait, allait se dérouler à l'endroit même où vingt ans plus tôt il avait cessé d'être l'un des leurs : la colline de Shiroyama.

– Si je traverse la poutre, changerez-vous d'avis ?

Maître Sohô fut pris de court et garda le silence un long moment.

– Le ravin est loin derrière cette montagne. Il nous faut la matinée entière pour nous y rendre.

– Avez-vous autre chose à faire ?

Le maître ne put arguer le contraire, et par conséquent suivit son élève.

Malgré son âge, le vieil homme ne montra aucun signe de fatigue. Son pas était alerte et léger, pareil à une sauterelle.

Mais quand Ibuki se retrouva face au ravin, celui-ci lui parut plus effrayant qu'autrefois. La poutre de bois, posée à l'horizontale, fut soudain plus étroite. Et son cœur se mit à heurter sa poitrine.

Combien de fois était-elle venue ici ?

Et combien de fois avait-elle renoncé ?

Elle mit courageusement un pied sur la planche. Puis un deuxième. Le vide qui la cernait était impressionnant. Ses jambes furent secouées de tremblements. C'est alors qu'une voix intérieure lui susurra : « recule ». Mais Ibuki s'efforça de ne pas l'écouter.

Elle lança son pied en avant, ferma les yeux… et traversa la poutre.

– À présent il va te falloir revenir, lança le maître.

– Alors ?

– Alors ? répéta Sohô en faisant mine de ne pas comprendre.

– Allons-nous sur la colline de Shiroyama ?

– Reviens ici d'abord.

Ibuki revint sur ses pas, non sans mal, et se retrouva quelques instants plus tard près du vieil homme.

– Je suis vieux, déclara-t-il. Je suis lent. Si Takamori Saigô fait appel à moi, c'est que la situation est encore plus désespérée que je ne le pensais.

– Raison de plus pour nous y rendre.

– Écoute, voilà ce que nous allons faire…

Et le maître entraîna Ibuki à l'écart du ravin, sur un terrain sans relief et sans arbres.

– Sors ton sabre. Si tu me touches, alors nous irons.

– Un nouveau combat ?

Sohô esquissa un sourire, le premier depuis fort longtemps.

– Touche-moi simplement une fois. Et demain nous partirons.

Puis il ajouta, comme pour lui-même :

– Tu as ma parole.

Ibuki dégaina son sabre de bois. Le maître ouvrit son éventail.

Contrairement au duel précédent, la jeune femme fit preuve de patience. Elle retint l'attaque qu'elle voulait lancer et observa avec soin maître Sohô.

Celui-ci se déplaçait avec grâce et élégance, pareil à une plume dans le vent. Ses yeux fixaient Ibuki, mais il voyait tout, englobait tout. Si un ou plusieurs adversaires l'avaient attaqué par-derrière, il aurait agi dans l'instant et les aurait vaincus sans difficulté. Un seul geste aurait suffi. Précis et vif.

Ibuki, elle, était seule. Frêle roseau face au chêne. Elle n'était pas de taille, et le savait. Si elle avait un avantage, un seul, c'était son âge, son agilité. C'était sa jeunesse. Elle attendait. Son sabre tendu face à elle. Et se décalait sur la gauche afin de positionner le soleil derrière son dos.

Qu'avait-elle appris durant ces deux années auprès du maître ? Quelles leçons avait-elle retenues ? Il fallait d'abord voir avec son cœur, ensuite avec son esprit, et enfin seulement avec ses yeux. Afin qu'intuition et action jaillissent en même temps. Ce que le vieil homme nommait : la tranquillité avant l'orage.

Maître Sohô lui aussi patientait. La victoire se jouait souvent dans les détails. Quelle que soit l'issue du combat, il avait compris que son élève n'était plus cette jeune femme qui avait frappé à sa porte un doux matin d'avril. Elle était plus que cela. Tellement plus.

La respiration d'Ibuki était profonde et calme, elle avait surmonté ses peurs et était à l'écoute, guettant une erreur ou le moindre faux pas de son adversaire.

Puis soudain, le maître fut ébloui par un rai de lumière.

Ibuki poussa alors un cri – violent et total – comme un océan d'énergie.

Maître Sohô l'avait promis. Et dès le lendemain, à l'aube, ils partirent.

Ibuki ne sut jamais si le maître avait baissé sa garde volontairement ou non. Certes le soleil l'avait aveuglé, mais cela n'avait duré qu'une fraction de seconde. Son sabre s'était aussitôt abattu sur son épaule, et le vieil homme avait incliné la tête en signe de défaite. Le retour à Okazaki s'était fait en silence. Ils passèrent près du lac, où le maître aimait nager nu. Mais ni l'un ni l'autre n'avait l'envie d'y plonger. Dans le ciel, pourtant serein, de jeunes faucons apprenaient à voler. Et les feuilles des pruniers avaient l'odeur du vent frais.

Le soir même, sur la natte couleur de blé, Ibuki s'appliqua à préparer le thé. Et pour se faire pardonner, y mit tout son cœur. Elle choisit une à une les feuilles de gyokuro, celles qui venaient de l'île de Kyushu et que préférait le maître. Elle retira la bouilloire du brasero juste avant ébullition et versa l'eau qu'elle avait été chercher au puits, lentement et en petite quantité, afin de relever la douceur et la délicatesse du thé. Puis elle retourna le sablier.

Une fois le temps écoulé, elle tendit le bol à maître Sohô qui déposa ses lèvres sur la porcelaine bleue. Le goût était riche et savoureux. Cela réchauffa son âme.

Assis l'un en face de l'autre, ils s'observaient. Heureux d'être ensemble, l'esprit tranquille, et parfois s'adressaient des sourires complices. Demain ils partiraient, avant même le lever du jour, mais pour le moment ils étaient là, et profitaient de l'instant.

Le maître avait raison, il suffisait de quelques braises, deux ou trois feuilles, et un ami avec qui le boire : le thé, finalement, n'était rien d'autre que cela.

C'est pourquoi ils burent le gyokuro jusqu'à une heure avancée, avec bonheur et simplicité. En parfaite harmonie.

Et tout autour d'eux, le monde pouvait bien s'écrouler, que leur importait ?

Ibuki ne dormit pas cette nuit-là. Tout avait été trop vite, la poutre, le combat. Son cœur fragile s'emballait. Dans quelques heures, elle s'en irait pour la colline de Shiroyama et rejoindrait les derniers samouraïs. Était-ce un rêve ? Était-ce une folie ? Et son père, qu'en aurait-il pensé ? Aurait-il été fier d'elle ?

Maître Sohô non plus ne ferma pas l'œil. Il ne cessa de ruminer. Voilà vingt ans qu'il n'avait pas brandi son sabre ! En serait-il encore capable ? Pourrait-il seulement le manier d'une seule main, comme autrefois, et avancer sur l'ennemi sans trembler ?

Au fond de lui-même, la vérité éclata. Il avait peur. Non pour lui, mais pour Ibuki.

La nuit se dissipait à peine, quand ils se retrouvèrent sur la terrasse en bois qui donnait sur le jardin. Maître Sohô huma l'air frais, et contempla une dernière fois ses plantes rares et ses arbres centenaires. Il avait revêtu son kimono sombre aux reflets d'or. Sa barbe était taillée, ses cheveux coupés. Autour de sa taille pendait élégamment son sabre. Et sous son bras, luisait, sous un pâle rayon de lune, son casque de métal à tête de dragon.

Ibuki se tenait à ses côtés. Pour la première fois depuis des mois, elle avait enserré ses seins dans du linge propre. Elle n'emportait rien d'autre qu'un peu de thé.

– Es-tu prête ?

La jeune femme acquiesça.

– Je le suis depuis des années.

Le maître se contenta de sourire et d'approuver d'un signe de tête.

– Alors allons-y.

L’empereur, par décret, avait interdit le port du sabre. Et tout contrevenant était aussitôt arrêté. Ou tué sur place. Mais maître Sohô s’en moquait bien. Il l’avait glissé dans sa ceinture et l’exhibait fièrement aux yeux de tous. Dans tous les villages où il passait, les hommes et les femmes s’inclinaient sur son passage, les portes des maisons s’ouvraient, et il y avait toujours un bol de riz et une natte où dormir.

Ibuki vivait un songe éveillé. Ce fut un enchantement. Pas après pas elle prit conscience de ceci : même si les samouraïs devaient tous mourir à la bataille de Shiroyama, ils ne disparaîtraient jamais. Ils étaient le cœur du Japon, son âme, ils étaient la brume qui encerclait le mont Fuji, les rivières qui s’écoulaient l’été, ils étaient les soirs de pluie et les éclairs du matin, ils étaient la brise chaude et parfumée qui parcourait les champs de blé, les fleurs blanches et éphémères des cerisiers, ils étaient tout cela et bien plus encore.

Le chemin qui les mena à Kobe ne parut durer qu’un instant. Un instant plein d’allégresse et de communion.

Mais lorsqu'ils arrivèrent aux abords de la ville, les hommes de l'empereur étaient partout. Les ponts et les routes avaient été fermés, personne ne pouvait aller plus loin. Maître Sohô et Ibuki attendirent la nuit, dissimulés sous des fougères. Ils empruntèrent les habits de deux épouvantails et, déguisés en vagabonds, rejoignirent sans encombre le port de pêche.

Un homme dans une embarcation légère leur fit signe.

Pour une somme modique, il pouvait les conduire où ils le désiraient.

– Nous allons sur l'île de Kyushu.

– Kyushu ? C'est un long voyage. En prenant par le sud, il faut compter cinq jours de traversée.

– Et si nous allons vers l'ouest, par la mer intérieure ?

– Ce sera plus court, mais plus dangereux.

– Très bien. Va pour le sud. Quel est ton prix ?

L'homme voulut être payé en pièces d'or. Maître Sohô refusa. En billets de banque ? Maître Sohô n'en avait pas. L'homme accepterait alors volontiers le sabre qu'il camouflait sous ses vêtements. Maître Sohô sourit et présenta l'arme. Puis il la dégaina lentement de son fourreau.

– Ce sabre a été forgé en 1617, confia-t-il. À Okazaki. Il a appartenu à mon père. Et au père de celui-ci. Et à tous les Sohô depuis deux cent cinquante ans. Il a connu bien des batailles et quelques défaites, et a tué plus de gens que tu n'en compteras jamais. Crois-tu vraiment que je vais l'échanger contre cinq jours de traversée ?

– Tel est mon prix, ou vous n'irez jamais sur l'île de Kyushu.

Maître Sohô sourit encore. Puis d'un bond fut sur l'homme, la lame affûtée de son sabre fichée contre sa gorge !

– Je suis vieux, dit-il, et, comme tu peux le constater, je tremble légèrement. Malheureusement, plus on me contrarie, plus je tremble… Alors que décides-tu ?

Ibuki vit le pêcheur changer de couleur.

L'instant d'après, il hissa la voile sans un mot et détacha les cordages qui retenaient la jonque au port.

L'embarcation quitta Kobe sans être vue. Elle longea la petite île d'Awaji et gagna rapidement le détroit qui délimitait la baie.

C'est à cet instant qu'ils aperçurent, pareille à d'immenses rochers, la flotte de l'empereur. Une dizaine de navires mouillaient avant d'appareiller pour l'île de Kyushu.

Ibuki retint son souffle. Ils ressemblaient tant aux « vaisseaux noirs » que lui avait décrit son père. Les cheminées crachaient une fumée opaque et dense, les coques étaient couvertes d'un goudron épais. Et un nombre impressionnant de canons semblaient pointés vers eux.

Mais la mort, cette nuit-là, ne fut pas au rendez-vous.

L'embarcation, profitant d'un manque d'attention des vigies et probablement de l'heure tardive, se fraya un chemin parmi les navires impériaux.

Et déboucha, au petit matin, sur l'océan.

IV

Le chef de la rébellion, Takamori Saigô, connaissait bien Akira Sohô. Ils avaient combattu de nombreuses fois côte à côte et comptaient à eux deux plus de cicatrices que n'importe quel autre guerrier. On disait de Takamori qu'il était téméraire, prétentieux et colérique. Mais tout cela c'était il y a longtemps. Vingt ans avaient passé. Les guerres, les défaites et l'exil avaient radicalement changé cet homme.

S'il n'avait pas été samouraï, Takamori aurait été calligraphe. Car il avait un don singulier pour tracer, à l'encre noire, les lignes les plus pures et les plus parfaites. « Le pinceau, se plaisait-il à dire, n'est rien d'autre qu'une extension du sabre. Et inversement. »

Il demeurait de longues heures agenouillé devant un papier de riz, le pinceau en main, et attendait… Attendait que la ligne prenne forme dans son esprit. Puis, avec un mouvement d'une douceur extrême, il se penchait et les plus belles calligraphies naissaient comme par magie sous ses doigts.

Takamori avait désormais cinquante ans. C'était un homme massif et réfléchi. Il avait donc longuement hésité avant de défier l'empereur Meiji. Mais l'honneur n'est pas une vertu négociable. Et celui-ci l'avait bafoué. Aux yeux du jeune empereur, les samouraïs représentaient le passé. Un passé glorieux, mais encombrant, qu'il ne souhaitait plus pour son pays. Le Japon devait aller de l'avant. Vers la modernité, l'industrie, vers le télégraphe, le train, les routes. Le sabre et le code des guerriers n'y avaient pas leur place.

Takamori avait rassemblé les derniers samouraïs sur la colline de Shiroyama, au cœur de son domaine. Une position stratégique face aux trente mille soldats de l'empereur qui s'en approchaient jour après jour. C'était un combat désespéré. Ils n'étaient que quatre cents armés seulement de leur courage et de leur bravoure. De l'autre côté, des fusils britanniques Enfield, capables de tirer jusqu'à dix balles par minute. Des canons Krupp d'une puissance colossale. Et des navires de guerre qui n'allaient pas tarder à arriver.

Du haut de la colline, Takamori observait ses hommes. Certains jouaient aux cartes, d'autres buvaient du saké, mais tous riaient. Depuis l'enfance ils s'étaient préparés à mourir. Et ils attendaient ce moment, sans hâte, mais avec joie. Dans dix nuits, se disait-il toutefois, qui sera encore en vie ?

Takamori marcha vers ses soldats et les nomma un à un par leur nom. Ils étaient heureux d'être là, près de ce chef qu'ils considéraient comme un dieu.

Le soir tombait lentement. Takamori s'éloigna et passa sa main dans les herbes folles et les fleurs de coton. Il aimait cette sensation de légèreté. Un vent marin, venu de la mer de Chine, apporta un peu de fraîcheur. Car l'automne, cette année-là, ne se décidait pas à prendre la place de l'été.

Sur la côte est de l'île, après une traversée moins longue que prévu, maître Sohô et Ibuki posaient le pied dans un village composé de quelques maisons, et que les habitants appelaient Miyazaki. Ils trouvèrent aisément un lieu où dormir, puis dès le lendemain, reprirent leur route.

Les soldats impériaux, venant du nord, avançaient depuis plusieurs semaines au pas de course vers la colline de Shiroyama. Ils avaient traversé le Japon entier pour être au rendez-vous. Chacun savait que cette bataille serait décisive.

Maître Sohô et Ibuki les devançaient de peu. Il fallait faire vite.

Un matin, enfin, la colline fut en vue.

La plupart des hameaux aux alentours avaient été désertés. Et ceux et celles qui avaient pu fuir l'avaient fait. Ce fut étrange et pénible de voir ces champs abandonnés, ces maisons inhabitées. Le riz vert n'avait pas été coupé et les épis de blé gisaient au sol.

La première sentinelle s'inclina quand maître Sohô prononça son nom.

La deuxième aussi.

Et ce fut ainsi, jusqu'au sommet de la colline.

De tous les hommes présents lors du « suicide » d'Akira Sohô, il ne restait que lui : Takamori Saigô.

Le chef du clan Shimazu, à la suite d'importantes défaites, fut fait prisonnier et conduit à Kyoto, où il se laissa mourir. Les autres témoins étaient tous tombés au combat.

Les deux anciens alliés s'observèrent un long moment. Du geste de Takamori dépendrait le rang de maître Sohô. Le silence fut plein de poudre et de nostalgie, puis Takamori s'inclina à son tour. Sohô avança vers lui et le prit dans ses bras. Tout était oublié, tout était pardonné. Le vieil homme était venu ici pour mourir, et Takamori lui était redevable pour cela.

– Je te remercie, lui dit-il simplement.

Maître Sohô se pencha à son oreille et murmura :

– J'ai manqué à ma parole une fois. Cela ne se reproduira pas.

Puis il fit deux pas en arrière afin que tout le monde puisse l'entendre.

– Voici Ryôkan Ozu. Mon élève. Demain, dans la bataille, il se battra à mes côtés.

Les autres samouraïs vinrent à leur tour et saluèrent maître Sohô et Ibuki.

Les soldats de l'empereur encerclaient déjà la colline, les lourds canons Krupp étaient positionnés, et dans la baie les navires de guerre jetaient l'ancre.

Maître Sohô entraîna Takamori à l'écart.

– Combien sommes-nous ? demanda-t-il.

– Quatre cents.

– Et en bas ?

– Trente mille.

– Attends-tu d'autres alliés ?

– Vous êtes tous là.

Maître Sohô se tut quelques secondes, et bien qu'il connût la réponse, dit à voix basse :

– Quelles sont nos chances ?

– Aucune.

Face à leur solitude, Takamori réussit néanmoins à sourire.

– Voilà mille ans que nous existons. Et la nuit qui vient, comme le jour qui suivra, seront les derniers.

Une brise soudaine se leva et fit claquer les bannières fichées dans la terre.

Les deux hommes allaient côte à côte, et maître Sohô s'accroupit pour saisir un peu de terre entre ses doigts.

– Tout passe, déclara-t-il. Même les monuments imposants disparaissent tôt ou tard de la surface de la terre. Mais nous resterons vivants. Dans les mémoires, et à travers la fraîcheur des pins.

Takamori acquiesça. Puis il posa une main sur l'épaule du maître.

– Demain sera une rude journée.
– Qui vas-tu prier ce soir ?
– Kannon. La déesse aux mille bras. Qu'elle m'en procure autant, à l'heure du combat, pour pourfendre nos ennemis! Et toi, Akira? Vers qui te tourneras-tu ?
Maître Sohô sourit à son tour, et se redressa. Il y avait dans l'air comme des perles de rosée. Le soleil par-delà la colline devenait pourpre.
– Je fais la même prière depuis vingt ans.
– Laquelle, mon ami ?
– Que dans l'autre monde, au moment où j'ouvrirai les yeux, je sente enfin la main de ma femme dans la mienne.
C'était une belle requête, Takamori en convint.
Puis il y eut soudain un coup de canon, chargé à blanc. Suivi de quatre autres. Les navires de guerre indiquaient leur présence.
Il était temps de rejoindre le campement.
Mais avant de se quitter, maître Sohô murmura :
– J'ai un dernier service à te demander.

Le maître rejoignit Ibuki sous la tente. Il avait un visage serein et détendu, comme si tout avait été accompli.

Il dit doucement :

– Ce soir, la lune sera pleine, il ne faut pas manquer cela.

Ibuki avait disposé quelques pierres en cercle et un feu léger y crépitait déjà.

– Il n'y a plus aucune vivre dans le camp, je suis désolée.

– Rassure-toi, je n'ai pas faim.

– Désirez-vous du thé ? J'ai avec moi des feuilles de gyokuro et de sencha.

– Nous en boirons tout à l'heure. Pour le moment écoute…

Et maître Sohô lui apprit que son apprentissage était enfin terminé. Demain, peu après l'aube, elle se battrait pour la première fois. Il ajouta que les chances de succès étaient faibles. Mais un samouraï combattait davantage pour l'honneur que pour la victoire. Et que la seule victoire qui importait était celle que l'on remportait sur soi-même. Il lui confia aussi qu'il était fier d'elle. Et que s'il avait eu un fils, ou une fille, il aurait aimé qu'il lui ressemble.

– Tu auras peur, dit-il. Il n'y a pas de honte à cela. C'est bien légitime. Sur un champ de bataille, celui qui ne ressent pas la peur est déjà mort. Ensuite, bats-toi avec ton cœur ! De toute ton âme ! C'est tout ce que tu as besoin de savoir.

Ibuki le remercia. Et le maître lui caressa la joue.

Il rayonnait de bonheur.

– À présent, nous devons écrire nos Jiseiku. T'en sens-tu capable ?

La jeune fille acquiesça.

Alors maître Sohô lui tendit un pinceau et de l'encre noire.

Et chacun s'assit en tailleur, dos à dos, dans la chaleur de la tente.

Il faisait nuit depuis longtemps déjà quand maître Sohô demanda à préparer le thé. Depuis des mois Ibuki s'en chargeait, mais le vieil homme insista.

– Ce sera le dernier, souffla-t-il.

Ibuki déposa sur la natte les sachets de gyokuro et de sencha. Le maître prit un temps infini pour sélectionner les feuilles qui avaient ce soir-là la couleur de l'émeraude. Plusieurs fois il les porta à ses narines et inspira profondément leur parfum. Elles libéraient des notes fleuries et de vanille sucrée.

– Sais-tu où a été cultivé ce gyokuro ?

– Oui. Tout près d'ici, répondit Ibuki. À Yame, au nord de Kyushu.

– C'est exact. Comment as-tu deviné cela ? Leur parfum ?

– Non. Leur couleur. D'un vert sombre et vif.

Maître Sohô ne put s'empêcher de sourire et approuva en hochant la tête.

– À présent tu en sais autant que moi.

Puis il déposa, une à une, les feuilles pareilles à des aiguilles de pin dans l'eau frémissante.

– Je n'ai qu'un seul regret, vois-tu. N'avoir jamais saisi du regard un champ de gyokuro. Il paraît que c'est d'une beauté à couper le souffle.

Lorsqu'enfin les aiguilles s'ouvrirent à la surface de l'eau, le maître approcha les deux bols en porcelaine qu'ils avaient précieusement conservés depuis leur départ, et versa avec lenteur le thé brûlant.

Puis il demanda à Ibuki de fermer les yeux et de réciter son Jiseiku.

À peine avait-elle pris son pinceau que le visage de son père s'était imposé à elle. Elle se reprocha de ne pas avoir eu la force de lui dire adieu. Quelques mots auraient suffi, mais elle avait manqué de courage. Puis les images de son enfance avaient ressurgi du passé. Les brumes de Niigata, les rizières à perte de vue, et la neige qui tombait en abondance. Elle se remémora la vieille brasserie, sur la rive est du fleuve Shinano, le doux parfum de l'alcool associé aux effluves de riz et de bois. Et les cuves ancestrales, contre lesquelles elle avait si souvent fait l'amour avec Matsuo. Matsuo… Elle crut un moment avoir rêvé ce monde, tant il semblait loin et beau à la fois. Elle murmura le nom de son père, et celui de son bel amant aux yeux verts. Elle aurait aimé leur dire que demain, au cœur de la bataille, elle penserait à eux. Mais il était préférable qu'ils ne sachent pas où elle se trouvait. La colline de Shiroyama était à des mois de marche de Niigata. Une vie entière, désormais, les séparait.

Ensuite, elle avait trempé délicatement la touffe de chèvre de son pinceau en bambou dans l'encre de

Chine. Puis tracé, sans hésiter, les cinq vers et trente et une syllabes de son Jiseiku.

– Alors ? souffla le maître.

Et Ibuki prononça son poème.

Nous partons en voyage
dans les vapeurs de thé
les feuilles rouges des arbres
le bruit furtif de l'eau
tout n'aura été qu'un rêve

Maître Sohô fut touché au cœur. Tout était dit. Il n'y avait rien à ajouter ni à retirer. En quelques mots son élève livrait son âme, et il ne put, pendant un long moment, articuler une parole.

Puis, devant tant de beauté, il déclara simplement :

– Je te remercie d'avoir partagé les derniers instants de ma vie.

Et sans attendre de réponse, il indiqua d'un geste tranquille et grave les deux bols fumants. Le dernier thé qu'ils prendraient ensemble.

Ils y trempèrent leurs lèvres avec recueillement.

La première gorgée fut pareille à un océan, aux couleurs de l'arc-en-ciel. La deuxième, tout aussi brûlante, les transporta sur une montagne de glace, loin du bruit et de la fureur. Quant à la troisième, ils la savourèrent, l'un près de l'autre, en se souriant, et en pensant à l'avenir.

Et l'avenir, c'était demain, c'était ici, sur la colline de Shiroyama.

Le gyokuro était d'une si haute qualité qu'ils purent l'infuser trois fois. Alors seulement le maître livra son Jiseiku, sobre et d'une splendeur saisissante.

Des larmes perlèrent aux yeux d'Ibuki.

Maître Sohô lui prit la main et l'embrassa tendrement.

Puis, tandis qu'ils entendirent le cri lointain d'une alouette, la jeune fille sentit une vague de chaleur envahir son corps. Ces derniers jours avaient été si éreintants.

Elle bâilla et demanda l'autorisation de se coucher.

Elle s'allongea, sans retirer le kimono noir qui faisait d'elle un homme, et peu après s'endormit.

Maître Sohô demeura assis, les yeux fixés sur son visage. Elle était si jeune, si belle. Et elle ressemblait tant à sa femme défunte… Quand un matin d'avril il avait fait coulisser la porte de papier et l'avait vue pour la première fois, maître Sohô avait eu un choc. Puis il avait compris. Si Ibuki était venue jusqu'à lui ce jour-là, cela ne pouvait avoir qu'une seule signification : elle lui offrait la possibilité de se racheter, de se laver des hontes passées.

Il avait pris la jeune femme sous son aile et l'avait guidée de son mieux.

Dehors, la pleine lune projetait l'ombre des cèdres centenaires sur le camp où reposaient les guerriers de Takamori. Les feuilles avaient la couleur du blé mûr.

Maître Sohô fit quelques pas à l'extérieur de sa tente et s'étendit dans l'herbe encore sèche. Il s'usa les yeux à contempler la nuit. Les étoiles scintillaient et les grillons chantaient en attendant le retour de l'aurore qui sonnerait le début de la bataille.

Le sabre avait été affûté, le casque reluisait. Il ne restait plus qu'à mourir.

Depuis son plus jeune âge, maître Sohô s'y était préparé. Il avait appris à dédaigner la mort et à ne pas la craindre. Il était de retour, sans regret, sur la colline de Shiroyama, où vingt ans plus tôt il avait brisé le code des guerriers. Il avait hâte d'être au lendemain. Car cette fois-ci, il n'y aurait pas d'échappatoire. Il fallait périr au combat, telle était sa destinée, pareille à la fleur de cerisier qui se décroche de la branche au premier souffle de la brise matinale. Et qu'importait la victoire ou la défaite. Seul comptait d'être avec les siens et de recouvrer son honneur.

Soudain, comme s'il avait retenu cet instant depuis tant d'années, maître Sohô s'entendit pleurer.

La vie avait été si brève.

Et les lucioles qui s'abritaient des prédateurs dans un rayon de lune vinrent déposer sur son épaule une trace de lumière qui ne s'effaça qu'avec l'aurore.

Les premières lueurs, plus rapidement qu'il ne le crut, étaient apparues.

Le ciel s'était couvert d'un voile orange teinté de rose et une légère agitation s'était répandue sur la colline.

Maître Sohô se leva.

Une brume argentée avait nappé les soldats de l'empereur qui, en contrebas, se préparaient à l'assaut.

Les samouraïs sortirent un à un de leur tente. Sans un mot ils s'agenouillèrent dans la rosée, tournés vers le soleil levant. Le vent d'automne vint caresser leur armure et chasser les nuages qui assombrissaient leur esprit.

Il était temps, pensa le maître.

Oui, il était temps de se préparer. Et de s'abandonner follement à son destin.

Ibuki s'éveilla dans un silence étrange. Ses paupières étaient lourdes et elle peina à se souvenir de la soirée passée. Il restait un peu de thé, elle le but. Il était froid.

Autour d'elle, nulle trace de maître Sohô. Il y avait comme une odeur de poudre et de soufre. Une odeur de fin du monde.

Et, ce qui l'étonna plus encore, le jour semblait décliner.

Ibuki se mit difficilement debout. Tout chancelait. Elle prit plusieurs instants pour reprendre ses esprits. Puis elle poussa la toile qui la séparait de l'extérieur.

Ce qu'elle vit, la jeune femme ne devait jamais l'oublier.

Aussi loin que portait son regard, elle vit des samouraïs étendus dans l'herbe. Une herbe plus rouge que leur sang !

Son cœur cessa aussitôt de battre. Elle fut saisie d'effroi. Et ne put s'empêcher de croire à un mauvais rêve.

Mais les samouraïs demeuraient immobiles.

Les uns gisants sur le ventre.

Les autres la face tournée vers le ciel et les vautours qui tournoyaient déjà au-dessus de la colline de Shiroyama.

Ibuki courut.

Les balles des soldats impériaux avaient frappé ! Les samouraïs s'étaient jetés contre elles, au mépris de tout danger. Elles avaient déchiré les armures, perforé les casques, brisé les sabres.

Comment était-ce possible ? Pourquoi elle seule avait survécu ?

Pourquoi le maître ne l'avait-il pas éveillée ?

– Maître ! hurlait Ibuki. Akira !

Personne ne répondait.

La colline de Shiroyama était ensanglantée, plus flamboyante qu'à l'automne, lorsque les érables perdaient leurs feuilles écarlates.

Parfois les canons Krupp avaient laissé des trous béants à l'intérieur desquels gisaient une dizaine de guerriers. Enlacés ensemble, ils semblaient dormir. Unis jusqu'à la fin des temps.

– Maître !

Ibuki sanglotait.

Ainsi tout était fini ? Les samouraïs avaient vécu ! L'empereur Meiji les avait décimés. Jusqu'au dernier… Le cœur d'Ibuki s'emballa.

Qui les pleurerait, si ce n'était elle ?

Le soir tombait.

Dans la baie, les navires de guerre se préparaient à relever l'ancre, les soldats rangeaient leur fusil, et certains reprenaient déjà la route du nord.

La bataille avait fait rage dans la journée. Et elle n'avait rien entendu !

Ibuki passa près d'un prunier au parfum enivrant. La nature se moquait bien des samouraïs. Le ciel était d'un bleu orangé, et la brise qui se levait secouait les roses blanches.

Le silence était irréel.

Même les condors, autour de la colline, volaient sans bruit.

Ibuki courait à perdre haleine et découvrait à chaque pas une vision d'horreur. Maintes fois elle crut reconnaître maître Sohô. Et maintes fois elle reprit espoir. Tous ceux qu'elle approchait avaient le corps criblé de balles, le casque taillé en pièces. Certains semblaient se reposer, les pieds dans les herbes folles. D'autres étaient tombés le sabre posé sur le cœur.

En bas de la colline les derniers soldats impériaux assistaient à la scène. Ils observaient cette ombre lointaine aller d'un guerrier à l'autre. Elle paraissait avoir perdu la tête. Ces hommes riaient aux éclats.

Puis l'un d'entre eux arma son fusil et la mit en joue…

Mais aucun coup de feu ne retentit ce soir-là. Suffisamment de cartouches avaient été tirées dans la journée.

L’homme remisa son arme et Ibuki poursuivit sa course.

Près d’elle, les azalées étaient rouges. Sur la mer, au loin, soufflait un vent chatoyant. Et la nuit s’annonçait claire et trouée d’étoiles.

Enfin, après un temps infini, une main se leva…
– Maître ! lança Ibuki.

Ibuki prit maître Sohô dans ses bras. Il respirait avec difficulté. À ses pieds avait roulé son casque légendaire à tête de dragon. Et à ses côtés, sur un lit de fleurs, reposait son sabre en acier trempé.

Malgré la douleur, le maître esquissa un sourire.

– Je t'attendais, dit-il.

Ibuki se pencha vers lui et l'embrassa sur le front.

– Tu vois, ajouta-t-il d'une voix brisée, je n'ai pas été un bon samouraï… j'ai dégainé mon sabre…

Ibuki tenta de masquer son chagrin, elle prit la main du vieil homme dans la sienne. Elle était ruisselante de sang.

– Je suis désolée, souffla-t-elle. Tellement désolée…

– De quoi, mon enfant ?

– De ne pas m'être battue à vos côtés. Je m'en voudrai ma vie entière.

– Ce n'est pas de ta faute, déclara maître Sohô. Tu n'y es pour rien. Regarde, la nuit va bientôt m'emporter, mais je t'attendais. Et je t'aurais attendue des jours entiers s'il l'avait fallu… Je te dois la vérité.

Ibuki se rapprocha du maître.

– Quelle vérité ?

– Le dernier thé… celui que nous avons bu hier, alors que tu avais les yeux fermés et que tu récitais ton poème… j'ai versé dans ton bol un peu de liqueur brune…

Ibuki écoutait, sans trop y croire.

– De l'opium. Takamori en prend depuis des années pour dormir. Et il m'a remis avec joie son dernier flacon.

Ibuki ne pouvait plus prononcer un mot.

– Ce n'est pas de ta faute, répéta le maître… nous n'avions pas à mourir tous les deux aujourd'hui… moi, j'appartiens au monde d'hier, aux samouraïs… tandis que toi…

Le vieil homme toussa doucement.

Sa main, dans celle d'Ibuki, devint froide.

– Tandis que toi, tu es liée au monde de demain. Tu fais corps avec le thé.

Des larmes s'écoulèrent sur les joues de la jeune femme. Des larmes brûlantes et rondes qu'elle ne put réprimer.

– J'espère que tu me pardonneras…

Ibuki hocha la tête. Éperdument.

Soudain, le maître eut une toux plus inquiétante, et peina à reprendre son souffle. Quand il recouvra ses esprits, il eut encore le cœur à plaisanter.

– Regarde, je compte de nouvelles cicatrices…

Des yeux, il indiqua son torse et ses jambes.

– Mais j'ai bien peur que celles-ci ne me soient fatales. La vie aura été plus courte qu'une coupe de saké. Et toi, mon enfant, tu auras été mon plus beau rêve.

Une étoile filante traversa le ciel, mais ni le maître ni Ibuki ne la virent.

– Sais-tu si Takamori a survécu ?

Ibuki n'avait pas trouvé trace du chef rebelle.

– Vous êtes le dernier encore en vie.

– C'est bien ainsi, dit maître Sohô… Donne-moi mon sabre et mon casque. Et place-les sur ma poitrine. Je désire les emmener avec moi dans l'au-delà… Quand je retrouverai ma femme, je veux qu'elle soit fière de moi.

Ibuki fit ce que le maître lui demandait. De cette façon, son âme serait libre.

Le maître ferma les yeux. Toute force l'abandonnait.

– Souviens-toi du bateau, Ibuki… celui dont j'ai rêvé… là est ton avenir.

– Maître ne m'abandonnez pas ! Sans vous je ne suis rien.

– Tu n'as plus besoin de moi, mon enfant… plus besoin…

Le visage du maître se figea, sa respiration devint saccadée.

Il ajouta dans un dernier sursaut de conscience :

– Sais-tu où tu pourras me retrouver ?

De nouvelles larmes roulèrent sur le visage d'Ibuki.

– Dans chaque tasse de thé. Si tu as besoin d'un conseil, ou si tu as envie de me parler… si tu veux partager un moment, ou plus simplement être seule avec moi… alors porte de l'eau à ébullition, choisis quelques feuilles… Et je serai là.

Ibuki fut suffoquée par les sanglots.

Son vieil ami s'éteignait.

Ses mains étaient glacées, son corps se raidissait.

Il rendit son dernier souffle au moment même où un vent parfumé fouetta la colline – il traversa les pins sauvages et emporta avec lui l'âme d'Akira Sohô.

Ibuki s’éloigna sans se retourner.

La nuit était fraîche et plus rien ne la retenait.

Au pied d’un cèdre bleu qui pouvait avoir mille ans, elle découvrit le corps de Takamori Saigô. Pour ne pas être pris vivant par les soldats de l’empereur, le samouraï s’était donné la mort. Le poignard encore fiché dans le ventre.

Ibuki quitta les lieux du combat peu avant l’aube.

Alors seulement, bercée par les premiers rayons du jour, elle se remémora le Jiseiku de son maître.

Colline de Shiroyama
l’été touche à sa fin
et je m’en vais
enfin
parmi les fleurs et les guerriers

V

Le Japon tournait définitivement le dos à son passé. Il renonçait au code de l'honneur et du courage, pour la politique. Et d'une certaine façon s'ouvrait au monde. Car les autres pays occidentaux avaient avantage à commercialiser avec lui. La soie, l'acier, le charbon, le riz.

La mort des samouraïs propulsait le pays dans l'ère moderne.

Ibuki se moquait bien de tout cela.

Elle se dirigea vers le nord, des jours durant, hagarde et pâle.

Toujours vêtue de son kimono sombre, elle avançait le regard dans le vague, en se gardant d'adresser la parole à quiconque.

Elle ne pouvait faire un pas sans penser au maître, aux derniers mots qu'ils avaient échangés, au carnage qu'avait été la bataille.

La plupart du temps, pour manger, elle mendiait. Et fut même réduite, à plus d'une occasion, à voler une pomme, une orange, des radis.

Elle longea la baie que les navires impériaux avaient désertée, et fut attirée par le volcan Sakurajima et son éternel panache de fumée. Plus d'une fois elle se résolut à gravir son sommet et à s'y jeter corps et âme. Mais le bateau à vapeur dont avait rêvé maître Sohô l'obsédait.

Un mois après avoir quitté la colline, elle parvint sans l'avoir vraiment décidé, à Yame, au nord de l'île. C'était un matin. Une brume argentée flottait au-dessus de la rivière et enveloppait de merveilleuses plantations de thé.

Quand le brouillard se dissipa, mille buissons aux couleurs ocre et mauves s'étalèrent à perte de vue. Ibuki ferma les yeux et huma les doux parfums sucrés et vanillés qui lui rappelaient tant ses mois de formation à Okazaki.

Au milieu des plaines, entre les eucalyptus et les pruniers, elle découvrit des cultures de gyokuro, de sencha, les buis verts du matcha.

Et elle ressentit un sentiment étrange et enivrant.

Celui d'un bonheur tranquille.

Si le gyokuro était récolté une fois l'an, au printemps, le sencha l'était à quatre reprises. En avril, juin, août et fin octobre. La dernière récolte donnait un thé d'automne et d'hiver qui correspondait bien à l'état d'esprit d'Ibuki.

Elle décida de rester au sein des plantations et offrit ses services à Madame Keiko, une femme d'une douceur remarquable. Et puisqu'elle n'avait plus besoin de se cacher ni de se travestir, elle ôta son kimono d'homme pour revêtir une tunique plus claire achetée au marché du village.

Ibuki défit également le bandage qui enserrait sa poitrine depuis de si longs mois.

Elle vécut cela comme une renaissance.

À l'aube, alors que le givre menaçait, elle quittait la maison en bois de Madame Keiko, et rejoignait les cueilleuses de thé. Elle apprit vite leur chant.

Les feuilles de bancha, qu'Ibuki détachait avec délicatesse, étaient larges et d'un beau vert sombre.

Vivre parmi ces femmes était une sensation nouvelle et apaisante.

La parole n'était pas nécessaire. Un regard, souvent, suffisait pour exprimer ce que l'on avait à dire.

Ici, au nord de Kyushu, se diluait paisiblement la fureur du monde.

Les journées sur la colline de Shiroyama lui revenaient souvent en songe.

Notamment le dernier thé avec maître Sohô sous la tente. Ibuki imaginait la main du maître verser l'opium. Elle aurait tout sacrifié pour ne pas boire le thé fumant ce soir-là et être en mesure de se battre le lendemain à ses côtés. Mais quel père n'aurait pas fait ce geste ?

– Le sabre, avait dit le vieil homme, est synonyme de ruine, de mort. Alors que le thé est l'opposé. Il est l'image de la vie.

Au fil des semaines, à Yame, Ibuki prit réellement conscience de cela.

L'aube odorante, la cueillette sensuelle des feuilles, le chant mélodieux qui l'accompagnait, firent que le cœur de la jeune femme se remit lentement à battre.

Et atténuèrent, à sa grande surprise, le poids de son chagrin.

Un soir, un peu par hasard, Madame Keiko découvrit les dons d'Ibuki.

Dès lors, elle prit un plaisir sincère et vif à la contempler préparer le thé. Ces gestes lents et gracieux, le soin qu'elle prenait pour sélectionner les feuilles une à une. Et bien plus encore, Madame Keiko raffolait du résultat : la liqueur élaborée par son invitée était à chaque fois divine.

– Tu as des doigts de fée, lui disait-elle.

Dans ce monde de femmes, Ibuki avait toutefois remarqué la présence d'un jeune homme. De vingt ans à peine. Le fils de Madame Keiko. Un jour tout le domaine lui reviendrait.

Lorsqu'il lui fit la cour un matin pluvieux de novembre, une cour empressée et délicieuse, Ibuki le rejeta froidement. Sans doute avait-elle craint de le décevoir. Mais, parce qu'il avait été persévérant et que ses yeux avaient la couleur du jade, elle s'abandonna.

Ils se retrouvaient les nuits dans la dépendance principale, où l'on entreposait les feuilles de bancha fraîchement coupées. Parfum familier des fruits exotiques et du vieux bois.

Le jeune homme avait tout à apprendre. Ibuki, tout à redécouvrir. Il croquait ses seins, petits et fermes. Elle l'embrassait passionnément.

C'était doux et brûlant à la fois.

Cet hiver-là fut glacial. Leurs corps se réchauffaient l'un à l'autre.

Ils se séparaient à l'aube, exténués, harassés, mais heureux. Avec sur la peau, par millier, des pétales de thé vert.

Ibuki demeura chez Madame Keiko jusqu'aux premières neiges.

Puis, comme elle était arrivée, elle s'en alla. Ibuki ne voulait confier son cœur à personne.

Elle reprit la route et traversa des étendues glacées, sans fin, qui avaient figé les paysages et les hommes. Pendant des semaines elle ne vit âme qui vive.

Mais elle aima cette nature splendide et immobile, où toutes les heures du jour se ressemblent.

Elle passa plusieurs nuits dans un monastère, comme un oiseau solitaire, avec pour seuls compagnons les épouvantails frigorifiés qu'elle distinguait à travers la fenêtre.

Les landes étaient froides et le soleil pâle.

Pour se nourrir elle arrachait des navets, et buvait l'eau des rivières gelées. Le bruit du vent lui tenait compagnie. Et au bout de son nez, parfois, pendait un glaçon.

Un matin, elle n'aperçut ni le ciel ni la terre autour d'elle. Que des flocons de neige.

Un autre, une baie rouge roula sur sa couverture blanche.

Ibuki traversa des ponts, contourna des villages, et glissa, sereine et libre, sur bien des lacs.

Puis un soir, peu après le nouvel an 1878, elle atteignit le grand port franc de Kyushu : Nagasaki. Comparée à Niigata et Okazaki, la ville était immense, et les bateaux qui entraient dans la baie étaient tous d'une beauté ensorcelante.

Un seul avait une cheminée par laquelle apparaissait de la fumée. Il portait un nom évocateur qui plut immédiatement à Ibuki.

Marco Polo.

Accosté au quai, le navire avait fière allure. Certains disaient même qu'il filait à plus de quinze nœuds. Son départ était prévu dans un mois, peut-être deux. Des ouvriers emplissaient ses cales d'imposants ballots de riz et de coton.

Malgré le froid, la pluie, et les rafales de vent, Ibuki venait là chaque matin, et demeurait debout, impassible, face au navire, rêvant à une longue traversée.

Une question, une seule, occupait son esprit. Comment être admise à bord ?

Une nuit elle s'infiltra dans la cale. Elle fut vite expulsée.

Elle emprunta, à maintes reprises, la passerelle. On la pria, poliment d'abord, sans ménagement ensuite, de retourner d'où elle venait.

Puis elle tenta l'impossible : marcher en équilibre sur le cordage qui reliait le navire au quai.

Elle tomba à l'eau.

Au fil des jours, Ibuki se désespéra.

Et se mit même à douter du songe de maître Sohô.

Finalement un après-midi, après une belle matinée ensoleillée, tandis que des oies cendrées survolaient le ciel blanc de Nagasaki, elle découvrit à proximité du *Marco Polo*, deux ballots entrouverts qui dégorgeaient de tiges et de brindilles de thé.

Ibuki s'en approcha et enfouit ses mains à l'intérieur. Les feuilles étaient d'un vert pâle, légèrement fripées sur les bords. Et l'arôme qui s'en dégageait n'avait rien d'engageant.

– Puis-je savoir ce que vous faites ?

Ibuki sursauta. Se retourna.

Face à elle se trouvait un homme élégant, aux cheveux encore noirs, d'une cinquantaine d'années. Il avait les yeux ronds et le nez bigrement allongé.

Un Occidental.

Il s'exprimait dans un japonais sommaire, d'une voix profonde et claire, qui traînait sur les consonnes. Son accent suggérait qu'il venait d'Europe. Et plus précisément de France.

– Ce thé est à moi, je l'ai acheté.

Ibuki s'était figée. Elle observa un mutisme prudent, puis, après un moment, déclara avec douceur :

– Si vous désirez empoisonner votre ennemi, alors ce thé est parfait. Faites-lui boire dix tasses par jour et dans deux mois vous en serez débarrassé.

Le Français hésita sur la réaction à tenir.

Puis rit aux éclats.

– Je suis négociant depuis des années, mademoiselle. Qui croyez-vous être pour me faire la leçon ?

– Ce thé ne vaut rien. On vous a joué un mauvais tour.

Puis Ibuki fit quelque chose auquel l'homme ne s'attendait pas. Elle plongea une nouvelle fois ses mains dans les feuilles et huma profondément leur parfum.

– Vous avez acheté ce thé sur l'île de Honshu. Dans la région de Shizuoka.

– C'est exact, répondit le négociant d'une voix troublée.

– À la couleur et au toucher, je pense que ces feuilles viennent du village d'Ayumi, au sud, où les pluies sont les plus fortes. Les plants de thé aiment l'eau, voyez-vous. Mais pas trop.

Le Français demeura pantois.

– Qui êtes-vous ? Une magicienne ?

– Je suis simplement Ibuki Ozu. L'élève de maître Sohô.

Il s'avança vers les ballots et prit plusieurs feuilles entre ses doigts. Il testa leur souplesse. Respira leur arôme.

– Alors on s'est payé ma tête ?

– Le Japon s'est ouvert au monde depuis peu. Les gens d'ici n'ont pas encore l'habitude des gens comme vous. Il faut leur pardonner. À l'avenir procurez-vous du gyokuro ou un sencha de très haute qualité.

– Vous savez bien que ce n'est pas possible. Les producteurs se refusent à vendre du gyokuro aux étrangers.

Les yeux ronds du négociant se fixèrent alors sur Ibuki.

Il la regardait et réfléchissait en même temps. Pesant le pour et le contre de l'offre qu'il allait lui faire.

– Que diriez-vous de m'accompagner pendant un mois ? Vous êtes japonaise. Nous irions à Honshu, à Shikoku, acheter du thé. Du thé que vous sélectionneriez vous-même. Je vous paierai. Une très belle somme.

Un long silence enveloppa le quai.

Il fut brisé par la sirène d'un trois-mâts qui revenait dans la baie.

– Je ne veux pas d'argent, répliqua finalement Ibuki.

Puis elle précisa :

– Seulement une place sur ce navire.

Le visage du Français se transforma aussitôt en un magnifique sourire.

Et dans ce sourire, franc et presque enfantin, Ibuki sut qu'elle pouvait avoir confiance en lui.

Le négociant français achetait et vendait du thé.

Il achetait en Chine, à Ceylan, en Inde, à Formose.

Et, depuis peu, au Japon.

Il parcourait les mers et les océans, et vendait son thé à Paris, à prix d'or, aux hôtels de renom et aux épiceries de luxe.

– Au fait, avait-il dit sur le quai de Nagasaki, le jour où il fit la connaissance d'Ibuki, je me nomme Édouard Mariage.

Ensemble, ils traversèrent le Japon, d'île en île. Ils allèrent à cheval, en train ou en chaloupe. Les cales du *Marco Polo* se remplirent et le négociant français ne fut jamais aussi heureux. Ils apprirent à se connaître, à rire en chœur.

Au sud de Honshu ils virent des dauphins bleus, comme une danse ondulante, plonger dans les reflets de la lune. À Fukuoka, au milieu des cerfs-volants, ils laissèrent leurs empreintes sur la plage. Et à Yame, face au sanctuaire shinto, les arbres qui les entouraient n'étaient que des cerisiers en fleur.

Un soir, ils parvinrent au domaine de Madame Keiko.

Le Français, sans même discuter le prix, acheta le gyokuro. Quatre sacs de jute, de vingt-cinq kilos chacun. Les premiers qui sortiraient du Japon. Et pour fêter cela, il but un saké exquis produit à Niigata.

Dans la nuit, le fils de Madame Keiko vint frapper à la porte d'Ibuki.

Mais la jeune femme n'était plus celle qui s'était offerte à lui quelques mois plus tôt. Et la porte, désespérément, demeura close.

Sur chaque sac de thé que le négociant français achetait, il apposait, à l'encre noire, le cachet de sa société.

Et comme l'homme se nommait Édouard Mariage, et que sa maison avait été fondée avec son frère, Henri, on y lisait naturellement ces deux mots :

Mariage Frères.

Le Marco Polo appareilla aux premiers jours du printemps.

Ses cales étaient remplies de riz, de coton.

Et de thé.

Après une manœuvre délicate, le navire s'éloigna de Nagasaki et sortit sans peine de la baie. Il pleuvait, sur le Japon et sur le cœur d'Ibuki.

À la proue, la jeune femme était seule. Des larmes roulaient sur ses joues.

Elle quittait son île et, d'une certaine façon, son enfance.

Son destin n'était pas à Niigata. Ni sur ces terres qui disparaissaient au loin, où ses frères de sabre avaient été décimés.

– Vous pleurez ? lui demanda doucement le négociant français en posant une main protectrice sur son épaule.

– Non, mentit Ibuki en esquissant un sourire. Ce sont les gouttes de pluie.

Les deux moteurs tournaient à plein régime et le navire filait droit devant, à plus de quinze nœuds. Lentement, à mesure que les côtes s'effaçaient derrière l'horizon, le ciel s'éclaircit. Et le soleil, qui se levait, saupoudra de rose et de mauve la mer qui se jetait vers l'infini.

– Accepteriez-vous de travailler avec moi ? Henri et moi? Nous avons besoin d'une femme comme vous.

Ibuki ne sut pas quoi répondre.

– Je compte ouvrir un salon de dégustation où l'on pourrait boire et acheter du thé. Il n'y en a pas là où je vais.

Le négociant fixait la jeune femme.

– Croyez-vous au hasard ? Personnellement je n'y crois pas. Nous étions faits pour nous rencontrer.

Puis il ajouta :

– Venez avec moi à Paris.

Le capitaine du *Marco Polo*, un Hollandais, s'approcha alors pour présenter ses respects. Et les deux hommes firent quelques pas ensemble.

Ibuki les entendit parler une langue qu'elle ne connaissait pas.

Au-dessus d'elle planaient des cormorans.

Entre ses doigts serrés, la jeune femme tenait une feuille de papier de riz sur laquelle étaient dessinés plusieurs idéogrammes aux lignes arrondies. Écrits la veille, au pinceau et à l'encre de Chine, trente et une syllabes disaient adieu au Japon. Et à Monsieur Ozu. Un adieu bouleversant, où Ibuki confiait ses espoirs et son âme. Une âme simple, au cœur baigné de larmes.

Trente et une syllabes tracées avec douceur et recueillement.

Un poème léger et aérien.

Comme un dernier cri. Une dernière prière.

La jeune femme tenait le papier serré entre ses doigts. Mais son Jiseiku était d'un genre nouveau.

Car, cette fois-ci, Ibuki se savait contrainte non à mourir.

Mais à renaître.

Alors elle desserra son emprise.

Et le papier s'envola.

Il virevolta un instant dans l'air parfumé.

Toucha les vagues.

Toucha le ciel.

Puis tranquillement disparut.

Dans le soleil levant.

La jeune femme rejoignit, telle une somnambule, sa cabine. Sur le pont, le capitaine et le négociant français devisaient encore côte à côte. Ils évoquaient leur vie, face à l'océan qui s'ouvrait à perte de vue.

Ibuki attrapa une boîte en bois laqué sur laquelle était dessiné un oiseau, tacheté d'or, perché sur une branche de cerisier. Unique vestige d'Okazaki.

Elle l'ouvrit.

À l'intérieur se trouvaient des feuilles semblables à des aiguilles de pin, d'un vert émeraude tirant sur le bleu et le doré. Un parfum délicat s'en dégageait. On aurait dit un bouquet d'herbes folles et de bonbons sucrés.

Ibuki sélectionna une à une les feuilles de gyokuro. Les déposa délicatement dans les deux bols en porcelaine bleue placés devant elle. Et versa par-dessus, avec soin, l'eau frémissante.

La liqueur, d'abord d'un vert léger, évolua lentement vers un jaune lumineux.

Elle saisit le premier bol dans le creux de sa main et le porta à ses lèvres.

Le thé était divin, exceptionnel. Les arômes riches et puissants.

Ibuki oublia alors le fracas du monde.

Puis, soudain, son visage s'illumina.

Et toute sa tristesse se dissipa.

– Je savais que vous viendriez, dit-elle dans un murmure.

– Je te l'avais promis, mon enfant. Il te suffit de porter de l'eau à ébullition, de choisir quelques feuilles… et je serai toujours là.

Et en effet à travers ses larmes, des larmes de joie, était apparue la silhouette gracile et rassurante de maître Sohô.

Le maître, avec un sourire radieux, souleva son bol.
Et ils burent leur thé ensemble.
Dans un silence profond.
Heureux et comblés.

Comme deux vieux amis qui ne s'étaient jamais quittés.

DU MÊME AUTEUR

La Traversée
roman
Spengler, 1995

Le Cercle de pierre
roman
Éditions Anne Carrière, 1997

Signé Dumas
théâtre
(avec Éric Rouquette)
les Impressions nouvelles, 2003

La Véranda
théâtre
Éditions de l'Œil du prince, 2008

Poétique du combat
roman
Nouvelles éditions Krakoen, 2010

Diplomatie
théâtre
Avant-scène théâtre, 2011

Toujours libre !
roman
La saga des Saint-Quare
Rocher, 2014

Fabrika
roman
Albin Michel, 2016
et *« Le Livre de poche Thriller », n° 34548*

Le Prix
roman
Albin Michel, 2019
et *« Points Les Grands Romans », n° P5104*
et *Avant-scène théâtre, 2025*

2 + 2 : quand on aime on ne compte pas
théâtre
Avant-scène théâtre, 2019

Diplomatie
théâtre
Nathan, 2019
et *Carrés classiques. Lycée, 2022*

La Forêt aux violons
roman
Albin Michel, 2020
et *« Points Les Grands Romans », n° P5570*

Dans les yeux de Monet
théâtre
Quatrième mur, 2024

Les Éditions Points s'engagent pour la protection de l'environnement et une production française responsable

Ce livre a été imprimé en France, sur un papier certifié issu de forêts gérées durablement, chez un imprimeur labellisé Imprim'Vert, marque créée en partenariat avec l'Agence de l'eau, l'ADEME (Agence de l'environnement et de la maîtrise de l'énergie) et l'UNIIC (Union nationale des industries de l'impression et de la communication).

La marque Imprim'Vert apporte trois garanties essentielles :

- La suppression totale de l'utilisation de produits toxiques
- La sécurisation des stockages de produits et de déchets dangereux
- La collecte et le traitement de produits dangereux

RÉALISATION : NORD COMPO À VILLENEUVE-D'ASCQ
IMPRESSION : CPI FRANCE
DÉPÔT LÉGAL : MAI 2025. N° 158128-2 (3062378)
IMPRIMÉ EN FRANCE